Khubsurat Safar

AF706231

Flairs and Glairs
Publication House

"Khubsurat Safar"

ISBN No: " 978-93-90799-42-8"
1st Edition
Language – English and Hindi

Flairs and Glairs
Publication House
Regd. Under MSME Act.

Copyright. 2021, Priya Bandewar

All Rights are Reserved. No Part of this can be reproduced, stored, copied or transmitted in any form may it be electronic, mechanical, magnetic, optical, photocopies, and or any other possible manner without the prior written approval of the author and publication house, except for a reference in respect to the author or the publishing entity work.

Disclaimer

This is a work of fiction and solely represent the thoughts of the corresponding authors of the articles. Our editors have tried their best to edit the content of all the authors and check the plagiarism.
All the write-ups in this book are unique and are only published in this book.
In case any plagiarism or error is found, only the author is responsible alone, and not the publisher or the Compilers.

Cover Designing and Book Formatting
Shubham Shah and Ishani Agarwal

Acknowledgement

Dear god,thank you for your blessings me with the power and support to be able to complete this anthology project.Also, thankyou our loving parents for trusting in us,and letting us work whenever we wanted.our family & friends who supported me for what We are today.

When it comes to this anthology,we would like to start with thanking the coauthors,for your valuable support & help,we would never have been able to complete it.

Thank you all of you,for being there,,much love to all of you.we are glad to see you all standing by us.

Special thanks is dedicated to shivangi jaiswal di who with her timeless efforts supported me across the project.

Co Author

Shubham Shah (Founder Flairs and Glairs)
Ishani Agarwal (Co-Founder Flairs and Glairs)
Shivangi Jaiswal (Project Head)
Priya Bandewar (Compiler)

1. Priya Rai Hai
2. Rahul Kumar
3. Harmanpreet Kaur
4. Ayush Thakur
5. Priya Mishra
6. Deepak Sharma
7. Parth Srivastava
8. Sachin Sable
9. Somya Chauda
10. Gauri Bhardwaj
11. Priya Rai
12. Ashutosh Gour'syaah'
13. Vijay
14. OM Prakash Lovevanshi
15. Arpit Walia
16. Chetan Rathi
17. Mousmi Dongre
18. Chhaya Jaiswal
19. Deepali Bandewar
20. Patel Bhargav
21. Ambuj Srivastava
22. Rohit Kumre
23. Priyanka Majhi

24. Surbhi Arora
25. Anwesha Das
26. Muskan Sachdeva
27. Arihant Singh
28. R.V.Teena
29. Rishika Ishita
30. Priyanka Pant
31. Harshvardhan Gupta
32. Abhishek Srivastava
33. अमन सहारे
34. Dwiza
35. Hanuman Bishnoi
36. Parth Munia
37. Rahul Kumar
38. Sangam Raghuwanshi
39. Dr Falak Wadhwa
40. Jaspreet Arora
41. Palak Inwati
42. Deepak Kumar
43. Himanshu Patel
44. Priya Rai
45. Ronak Agarwal
46. Movin Soni
47. Ayushi
48. Nelofer Talukdar
49. Akshesh Shrivastava
50. Shefalika
51. हितेश प्रमेंद्र कदम
52. Khushal Ravindra Indorkar
53. Ajeet Rajpoot
54. Himanshu Singh

55.Sumit Ranjan
56.Ashna
57.Anwesa Chakraborty
58.Harsh Ranjan
59.Kanika Sharma
60.Harshit Ajnabee
61.Dolly Baghel
62.Ayushi Chhatri
63.Srishti Rani Panda
64.Kunal Gautam
65.Ananta Sneha Gupta
66.Riddhi Gupta
67.Daksh
68.Abhijit Adarsh
69.Vikram Raghuwanshi
70.Aan Anussan
71.Tanvi Prajapati
72.Aditya Pati Tiwari
73.भीमसेन जलन्धरा
74.Maher Painter
75.Sachin Aran
76.Jaya Kumari
77.Sangeeta Singh
78.Gaurav Sharma
79.Kaushlendra Singh
80.Shweta Pushp
81.Hans Vikass
82.प्रबुद्ध ओझा
83.Amit Rawat
84.Hanshiv Sharma

85.शुभेंदु चौधरी
86.Shantanu Verma
87.Kalamkar Singh
88.Naresh Sharma Neer
89.Mukul Dangre
90.Marichika
91.Sanya Tikarya
92.Pooja Choudhary
93.Ravi Ahirwar
94.Gamine Sahu
95.Abhishek Rajput
96.Shibayan Sett
97.Prasanna Mahadagde
98.Apoorva Chitransh
99.करन सुर्याल "ख़ास"
100. विद्रोही राहुल
101. Manju Turkar
102. Babita Singh

Shubham Shah

(Founder- Flairs and Glairs)

Shubham Shah, an entrepreneur at “Flairs & Glairs” a brand with dynamics in events organizing and cultural educational pan INDIA, is a 26yrs old guy who recently has entered the digital platform of imprinting emotions. He has initiated with his own open mic platform to help budding poets and aspiring writers under his brand named as “Teekhe Zasbaaat”
He is a commerce graduate from the Bhagalpur City of Bihar.

He states Writing has impersonated him since childhood and he has now been writing for over a decade!
Cooking, on the other hand, is his passion! He also mentions, trying out new things just tickles him!
When asked sir, Why SPICY EMOTIONS?
He smiled and added, "agar jasbaat teekhe na ho toh wo jasbaat kahan" Spices are all that blends! So do his words!
As a chef, he presents to you his dish! Hot and freshly served! Taste it! Feel it! Enjoy it! You can also find his writing in the Book "Teekhe Zasbaaat" and 50+ Co-authored anthologies. With his passion to explore opportunities across Platforms, he is working with keen devotion and We wish him all the very best for his future ventures.
He is Featured in the **International Magazine De-Mode** for his upcoming solo novel.
He is **Approved by Ne8x for its Lit Fest,** and is a **Golden Star Awards 2020 Winner.**
He is an **India Book of Records Holder** for his Anthology **Satrang,** and has the **Grandmaster** title by **Asia Book of Records**, for the same.
He has also been featured in **Prabhat Khabar**, **Dainik Jagran** and other renowned Newspaper for his achievements. He has also been awarded with **India Star Republic Award 2021.**
He has been a proud co-author to
India Book of Records (Title- Black)
World Book of Records (Title -15 Wonders of Poetries)
India Book of Records (Title - Aaina)
Vajra World Records Holder (Title - Gustakhi Maaf Hai)
High Range of Records Holder (Title - Gustakhi Maaf Hai)

Share your reviews on his

INSTAGRAM

@spicy_emotions
@shubham4shah

Or via email on

shubham2shah@gmail.com

To stay tuned to his work and opportunities follow his business Handles

INSTAGRAM FACEBOOK YOUTUBE

@flairsandglairs
@teekhezasbaaat

WEBSITE:

https://flairsandglairs.in/
https://flairsandglairs.com/

Ishani Agarwal

(Co-Founder- Flairs and Glairs)

Ishani Agarwal hails from the City of Joy, Kolkata.
She is the co-founder of her Community "Teekhe Zasbaaat" and Flairs and Glairs Publication.
Been a Compiler for 45+ Anthologies, she is in the process for more. Co-authored in 150+ Anthologies. She is a India Book

of Records Holder, a Vajra World Records Holder, a High Range of Records Holder and a Bravo Record holder.
Approved by Ne8x for its Lit Fest 2020, and Literary Icon 2020. Also a Golden Star Awards Winner 2020.
She has also been awarded with India Star Republic Award 2021.
She has been featured by the National Magazine "Taree Zameen Par" with the title 'unstoppable'.
Also featured in the International Magazine DeMode for her upcoming solo novel, she is proud to write on social issues, and is happy with the love she is receiving.
Connect with her on Instagram: @Ishani_agarwal_quotes / @compilations_so_far

Shivangi Jaiswal

(Project Head)

Shivangi Jaiswal is a Content Writer from Kolkata. She is a B. Com Honors graduate.
Certified in Stocks & Short Selling as well as Certified in Digital Marketing. Been a keen student, she has recently been Certified for learning Spanish Language. She is a writer by day and a reader by night. Been a Complier of 25+ Anthologies, and in process for more, also Co- authored 100+ anthologies. Shivangi is an old soul with young eyes, a vintage heart, and a beautiful mind."
You can follow her work:
Instagram
@the_knockingvibe
@house_of_compilations

"Please Stay"...

Don't know what else to say.
Fading away at the edge.
Not knowing, but every second
Losing all I have gained.

The knots of heart are broken away
There's nothing now I can say.

Love has softly dimmed the lights of the glowing spark all I can say.

My eyes are dawning day by day
I can't watch you more going away.

Deep inside hiding all the pain
With a baggage of my unfulfilled desire, I lay.

Priya Bandewar

(Compiler)

Priya Bandaewar, a resident of Madhya Pradesh, "लेखनी रंग" is the name of her pen

Bird lover, loves nature and believes in God, her special interest in literature, poets and Hindi poetry.she is a budding writer as well as, who had taken part in many anthologies as a co-author and also currently working as compiler in some anthologies.Writing not only provides them with pleasure but also satisfaction, it strives to connect people with its ideas and to write heartfelt ideas, and it is constantly striving to become a better writer…

U can checkout my work or thoughts on @lekhni_rang

"माँ"

"ममता" शब्द का अस्तित्व है,
माँ
प्रेम का प्रथम चरण ,पराकाष्ठा और अंत है,
माँ,
प्रकृति,जननी,और सृष्टि का आtधार है,
माँ,
एकमात्र शब्द जिसे कोई समझा न पाए,वह है,
माँ,
वेद,पुराण और ग्रंथों का आधार है,
माँ,
जिस ममता का रस लेने भगवान भी जन्मे,वह है,
माँ,
जिसके बिना जीवन अधूरा हो,वह है,
माँ,
जिसके लिए एक दिन क्या,जिसके बिना एक दिन ना हो,
वह है,ममतामयी माँ,
और जिस पर जितना लिखा जाए,फिर भी कम हो,वह है,
माँ,

तुम समझना सीखों"

शब्दों पर जाते हो हर बार,
कभी भावनाएँ भी पढ़ना सीखो,

कर लेते हो बड़ी-बड़ी बातें बहुत
तुम छोटी-छोटी बातें समझना सीखो,

सवालों की इस दिमागी भीड़ में,
तुम जवाबों को तलाशना सीखो,

करते हो सबसे ढेर सारी बातें,
कभी खुद से भी तो रूबरू होना सीखो,

जीते हो सबके लिए,कभी खुद पे मरना सीखो,
होंठो की मुस्कुराहट नहीं,आँखों का दरिया पहचानना सीखो,

इश्क़ की बगावते नहीं,
रूह में उतरना सीखो,

वादे तो बहुत कर लिए,
अब चलो उन्हें निभाना सीखो,

सीखो कि हर आँसू दुःख का नही होता,
जानो कि हर मुस्कान सच्ची नहीं होती,

पहचानो कि केवल जानना सब कुछ नहीं,
पहचानना भी ज़रूरी है,

महज़ पढ़ लेना ही नहीं,
उनके भावों में डूबना भी ज़रूरी है,

Priya Rai Hai

Priya belongs to Delhi. She was born on 25th January 1999 in Lucknow, the city of nawabs. She completed her schooling from Lucknow and did her graduation from Delhi. She is a teacher in a school. She is fond of writing poems and quotes so, she writes poems and quotes in her free time. She had already written for some books.

(1)

Har kr chala musafir is safar se
Manzil ka koi pta na rha
Har gya musafir tang rasto Se
Jeene ka koi Irada na rha
Bas yhi pr khatam Uska khubsurat safar hua

(2)

Manzil ka pta kya h
Puchta h Khuda meri raza Kya h
Reh gya is safar ka musafir me
Jite Jite bhul gya apni manzil me
Tang rasto me bhi khushi mil gyi
Aur Reh gya bankr is khubsurat safar ka me

Rahul Kumar

नाम राहुल कुमार है, जयपुर का रहने वाला हूं। लिखना मेरा पेशा नहीं मेरा शौक है मेरी जिंदगी है जिससे मैं अपने सारे दुख-दर्द, खुशी बयां कर पाता हूं। मेरा प्लेटफॉर्म नाम क्रेज़ी शायर है, आप मुझे यूट्यूब और गूगल पर इस नाम से देख सकते है। आशा है आपको मेरी रचना पसंद आएगी।

हमारा इश्क देखना हैं तो दिल में उतरना कभी ,,,
अगर तेरे सिवा नजर कुछ आ जाये तो दिल तोड़ जाना तभी

मैनें आज फिर अपने प्यार को बदनाम होने से बचा लिया ।

मैनें आज फिर अपने प्यार को बदनाम होने से बचा लिया
दोस्तों ने देखा था उसे किसी ओर की बाहों में,
मैनें उसका यह गुन्हा अपने दामन में छुपा लिया
थी वो बेवफ़ा यह दर्द अपने सिने में दफना लिया,
मैनें आज फिर,

आँखो में आएं आंसू की वजह गिरी धुल बता दिया,
साथ नहीं हैं वो पूछने पर खुद को बेवफ़ा बता दिया,
टूटे दिल को छुपाकर सामने सबके मुस्करा दिया
मैनें आज फिर,

उसके लिय लिखें खतो को आज मैनें जला दिया
लोगों के पूछने पर होली का त्यौहार बता दिया
कभी कुछ सच बता ना दूँ उसके बारें में दुनिया को
इसलिए खुद को आज हमेशा के लिए सुला दिया
मैनें आज आखरी बार अपने प्यार को बदनाम होने से बचा लिया

यारों संग एक टपरी वाली चाय चाहिए ।

यारों संग एक टपरी वाली चाय चाहिए,
'बीजी जिन्दगी में एक पल का सुकून चाहिए,
पा तो लिया बहुत कुछ मैनें इस दुनिया में
पर मुझें तो मेरे वो यार पुराने चाहिए
ओर यारों के संग एक टपरी वाली चाय चाहिए

शहर में अब मन नहीं लगता मुझें मेरा गाँव चाहिए
शहरों के लोग मतलबी मुझें मेरे बडो का आशीष चाहिए,
फाइव स्टार होटल की कॉफ़ी में अब वो मजा नहीं,
मुझें मेरे गाँव के नुकड़ वाली चाय चाहिए,

मखमली बिस्तर में नीन्द नही आती मुझें मेरी माँ की गोद चाहिए
किसी ओर की बात नहीं सुननी मुझें मेरे पापा की डाट चाहिए
थक गया हूँ बहुत भागते भागते
अब मुझें थोड़ा चाय के साथ आराम चाहिए

Harmanpreet Kaur

Hello Friends, I am Harmanpreet kaur from villa Sarhali (Fzr). I write poetry and Shayari. My passion is writing my feelings in my words. I hope you like my poetry. Thank you so much

मैंने कविताओं में कुछ जज्बात लिखे है, कुछ दुनिया के हालात लिखे हैं। कुछ सच्चाई लिखी है, कुछ बेवफाई लिखी हैं।

रिश्ते

यहां बिकता है प्यार भी, यहां बिकता है शरीफ भी, यहां बिकता है गद्दार भी, यहां बिकता है जिस्म भी ,यहां बिकता है इमान भी, यहां बिकता है दिल भी ,यहां बिकती है जुबान भी, नहीं आता यकीन तो खुद अजमाई ए, लोग रिश्ते खुद तोड़ देंगे थोड़ा बुरे वक्त में तो आइए, कौन कहता है जहां रिश्ते नहीं बिकते खरीदने वाला चाहिए। तुम बात करते हो कौन से जज्बातों की, यहां तो कुछ मां-बाप भी बोली लगा देते हैं अपनी औलादो की, रिश्ते तो तब समझ आते हैं जब मार पड़ती है बुरे हालातों की, तब कोई नहीं खड़ता साथ जब जरूरत होती है साथों की ,अगर कुछ गलत लगा तो माफ करना पर यही सच्चाई है, कौन कहता है रिश्ते नहीं बिकते खरीदने वाला चाहिए ।

क्या है ये ज़िन्दगी

एक सफर है ज़िन्दगी या एक मंज़िल है, आसान है ज़िन्दगी, या मुश्किल हैं, मजा है ज़िन्दगी या सज़ा है घाटा है ज़िन्दगी, या नफ़ा है खुशी है ज़िन्दगी, या गम हैं, मलम है ज़िन्दगी, या ज़ख्म हैं, पानी हैं ज़िन्दगी, या सरबत है, प्यार है ज़िन्दगी, या नफरत है, सच है ज़िन्दगी, या झूठ है, एक बूंद है ज़िन्दगी, या एक गुंट है, आग है ज़िन्दगी, या धुंआ हैं, सुमंदर है ज़िन्दगी, या कुआँ हैं, ज़िन्दगी एक दुआ ह, मुकमल हो गया वो जिसने छुआ है, ज़िन्दगी एक तोहफा है, हर दिन एक नया मौका है, जो तू माने वही है ज़िन्दगी, बाकी सब धोखा है, अपने दिल से खुशी से जी ज़िन्दगी तुम्हे किसने रोका है।

Ayush Thakur

I'm a student of engineering 4th year. Interested in engineering and literature. Like to write gazals poems and satire.

फ्युचर प्लानिंग (व्यंग)

राधे राधे

अरे जयराम जी की "किसान बेहाल" चचा, कहो चचा कौन सी खिचड़ी पका रहे इस हरे कच्चे धान से .! बेटा पकाते हम हैं, खाते वो हैं.!! फिलहाल तो हम फ्यूचर प्लानिंग (Future planning) कर रहें बबुआ.!

चचा, नानी का नुस्खा हैं, कान के रोग में राई में कढां लहसुन का तेल बहुत फायदेमंद होता हैं.! हा बबुआ हा!सुने चचा, मैं दिल्ली जा रहा ,कमल के कानो में ,आखो में कीचड़ घुस गया हैं तब से कम सुनता तथा देखता भी हैं, उसके कान को अब हम नानी याद दिलाएंगे . बेबस पोषणकर्ता खेत में हल नहीं , सारे देश की गली सड़क में हल चला रहा शायद जमीन से जुड़े लाठी की आवाज़ सुन ले.! खाना परोसने वाले खाक हो रहे हैं , अंधे , बहरे है कम से कम नाक से सूंघ लें.!! और देख लेना, किसान का गुस्सा और युवा की हाय ले रहा है , मुझे अंदेशा है कि कही कमल को कोई तोड़ न लें. दुनिया का क्या भरोसा दिवाली नज़दीक है!!

तो चचा चल रहे दिल वालो की दिल्ली, अपने अरमानो के संघर्ष में, अपने लिए तो कुआ खाई हैं, या तो कोरोना से मरेंगे या फिर सापो के बिल की चपेट में.!!
बबुआ सोच रहे थे कि घर मे रहकर फसल आने तक शान से रहते हैं फिर आराम से आत्महत्या कर लेगें, सत के गत मे शक्ति होती हैं, इससे अंधो की आंख और बहरो के कान शायद खड़े हो जाए.., बस काम करना हमारी शानफुल सुसाइड को ज़्यादा TRP वाले चैनल मे दिखाना , ससरा शौक है TV में आने का हमको ! Want to be famous just after Last breath. कैसी लगी हमारी future planning.!

शहर के हाल

मुरझाये हुए चेहरे, आँखें बहुत नम हैं
इस चमकते हुए शहर में गम ही गम हैं.!!

खेल रही शिकंज हर माथे की लकीरो पर
मन मौजियो के यहा ठिकाने बहुत कम हैं!!

चिंताओ की चाबुक चीरती हर जहन को
क्या सोचता हैं तू, तेरा जानता अंतरतम हैं!!

सह सह के सख्त हैं , दर्द भरे मंजर को
जहर को अमृत बनाकर पीना हर कदम हैं!!

आंसुओ में मुस्काना, "आशु" सलीका हैं जीने का
मुस्कान कहे तो तुम, दर्द कहे सो हमदम हैं !!

Priya Mishra

From- Paraswada(balaghat)
Work- studying
Hobby- drawing, writing

तेरी खामोशी.

चंद लम्हों की तलाश में,
खयालों की भीड़ में खो सी जाती हूँ,
फिर उन ख्यालों में गुम,
कुछ सवालों में खो जाती हूँ,
जानता तो तू भी है,
मेरे दिल के हालातों को,
फिर क्यूँ खामोश है तू इतना,
तेरी इस चुप्पी तोड़ने की कोशिशों में
खुद को नाकाम सा पाती हूँ,
फिर भी अपने आप को
बार-बार आजमाती हूँ।
इतनी गहरी तेरी खामोशी,
मेरे कानों में गूँजती,
तेरी धड़कनों की आवाज,
मुझे बेचैन सा कर देती है,
हर पल मुझे देखने की तेरी नजरों की आश,
मुझे तेरा बना देती है,
तेरी होकर भी मैं तुझसे अनजान हूँ,
पर जानी पहचानी सी ये तेरी खामोशी,
मेरी रूह को रुला देती है।।

मेरा जीवन.

न मौत को बदनाम न करना,
इसने तो मुझे जीना सिखाया है,
बार-बार अपनों को खो कर हमने,
अकेले जीने का हुनर पाया है।
समझ नहीं आता ये जिंदगी इतनी बेवफा है,
या फिर हमने इसका दिल दुखाया है।
इतना रूठा न कर ऐ जिंदगी,
मेरा दिल भर चुका है।
तेरे थपेड़ों से जर-जर हुआ,
मेरा सीना छिल चुका है।
यूँ ही नहीं लोग मौत को लगाया करते,
यूँ ही नहीं जानवरों से दिल लगाया करते,
जब भी तुझसे मिलने आऊँ ऐ जिंदगी,
तूने मुझे ठुकराया है।
अब और क्या कहूँ,
इस जमाने की भीड़ में,
मैने खुद को ही दोषी पाया है।।

Deepak Sharma

आकांक्षी लेखक / छोटे शहर का लड़का
मेरे सपने ही मेरी जिंदगी है
जिंदगी अभी बाकी है मेरे दोस्त
कर्म ही धर्म है

बेटियां।

वो एक मुस्कान है,
एक पिता की जान है।
वो महकती कली है,
वो खिलखिलाती गली है।
घर की इज्जत है,
पापा कि वो शान है।
प्यार से सीचो वो तेरे घर की गुलाब है,
संभाल कर रखो, उसे बनना ऐतिहासिक किताब है।
वो बोझ नहीं तेरे सर की,
वो लक्ष्मी है तेरे घर की।
जरा प्यार से संभालो,
है वो बेटी तेरे घर की।
अब जरा तुम ध्यान दो,
दो बातें कहूंगा ज्ञान कि वो जान लो।
बेटी अपनी हो या गैरों की,
इज्जत तो है वो औरों की।
संभाल कर रखना उनकी भी बेटियों को,
क्योंकि बेटी तुम्हारी भी है।
वो भी देखते हैं तेरी बेटियों को।
बेटियों को तुम शेर बनाना, कभी बेटियों को बेटों से कम ना दिखाना।
सितारे वह भी तोड़ लाएंगी,
मौक़ा तो दो वो घर के साथ साथ दुनिया भी चलाएंगी।
कभी कम ना समझना बेटियों को,
जो तुम उन्हें वैश्या कहते हो,
ये काली बन जाएंगी।
जो इज्जत नहीं करोगी इनकी, ये विनाश तेरा कर जाएंगी।
इतिहास उठा कर देखो तुम,

सिर्फ बेटों के गुरुर में रहो ना गुम।
बेटियों ने भी जान लगाई है,
आजादी की लड़ाई में बराबरी का लहू बहाई है।
मुझे तो नाज होगा अगर मैं जन्म दूं एक बेटी को,
पर उतना ही शर्म होगा अगर हक में कम दूं मेरी बेटी को।
क्या मेरी बेटियां बेटों से कम है?
कभी गौर से देखो, तुम्हें बेटियों ने ही दिया जन्म है।
किस बात का गुरूर है तुम्हें बेटियों को नीचा दिखाने में,
मुझे तो गुरुर होता है बेटियों के आगे सर झुकाने में।
वादा है खुद से जो बेटी हुई मेरे घर में,
उसे देश के नाम दूंगा कर मैं।
मुझे विश्वास है वो इतिहास बनाएगी,
वो प्यार जताएगी और जरूरत पड़ी तो पापियों के सर भी काट गिराएगी।
वो अच्छी बेटी बनेगी, वो ओ बहन भी बनेगी, वो अच्छी मां भी बनेगी,
वो मेरी ही तरह औरों से कहेगी,
मेरी बेटियां बेटों से कम है क्या?
यह बात दुनिया को साबित कर दिखाएगी।.

Parth Srivastava

A minimalistic individual who tries to pour his heart out.

"रमज़ान"

इंतज़ार उस पल का, के ये नज़ारा बदलेगा,
देखनी है वो दुनिया जब ये ज़माना बदलेगा।
ज़माना बदलेगा के इक इंक़लाब आयेगा,
दुनिया बदलने वाला कोई सैलाब आयेगा।
आप होंगे क्या, बालिन पे मेरी उस शब,
जिस शब क़यामत का पैग़ाम आएगा?
सितम ज़फ़ाओं के क्या ख़त्म हो जाएंगे,
या अश्कों में अज़ाबों का फ़रमान आएगा?
है मेरी आरज़ू इतनी, ग़म-ए-दहर गुम जाए,
देखना है यही इतना कि कब रमज़ान आएगा।

"फ़रियाद"

मैं सब कुछ भूल जाता हूँ जो तू मेरे पास होती है,
सुकून-ऐ-क़ल्ब आता है जो तू बाहों में होती है।
तुम्हारा नाम लेता हूँ तो दुनिया जल सी जाती है,
मगर जलने दो दुनिया को तुम्हे अच्छा तो लगता है।
तुम्हारे इश्क़ की आदत मुझे तो लग चुकी है अब,
जो देखूं न मै तुझको तो मुझे अच्छा नहीं लगता।
तुम्हारे हुस्न की रौनक से यह दिल आबाद रहता है,
जो चाहूं ना मैं तुझको तो मुझे अच्छा नहीं लगता।
मैं बातें करता हूँ इनसे भी सुन ले आज ये भी तू,
तेरी आँखों में न हो काजल मुझे अच्छा नहीं लगता।
तुम्हारी ज़ुल्फ़ की छाँव में अक्सर सो भी जाता हूँ,
जो उलझूं ना मै इनमे तो मुझे अच्छा नहीं लगता।
तेरे लेहज़े की लज़्ज़त है या फिर कोई सितारा है,
कि पार्थ तब भी तुम्हारा था 'पार्थ' अब भी तुम्हारा है।
की देखो दूर हूँ तुमसे मगर मायूस मत होना,
तेरी आँखों में आंसू हों ये 'पार्थ' सह नहीं सकता।

Sachin Sable

I can write quotes, shayaries, short poems etc.

(1)

वो मुझे और मैं उसे देखकर मुस्कुरा देता हूँ बस इतना काफी है,
हर रोज़ इज़हार करके इश्क़ साबित करना ज़रूरी तो नहीं.

(2)

जो हो गया उसे मान लिया आख़िर मुस्कुराकर,
आँखों के पीछे अश्कों का दरिया छुपाकर,
हर रोज़ जीता हूँ ख़्वाबों में वो हसीन ज़िंदगी,
सोची तेरे साथ जो मैंनें हक़ीकत मानकर.

Somya Chauda

" I'm from Bhua-Bichhiya, Dist. Mandla (M.P.). I'm a college student.

हँसी की वजह'

लोग कहते हैं मुझसे, ये हँसती बहुत है,
शायद खुशियाँ इसके लिए सस्ती बहुत है।
हर बात का मजाक बनाना आदत है इसकी,
हर वक़्त मुस्कुराना तो फितरत ही है इसकी,

तो सुनिये, हाँ, बाकियों की तरह बात बात पर मुँह फुलाते नहीं हम,
अपने जज़्बातों को यूँ एक एक को बताते नहीं हम,
मँहगी या सस्ती, ख़ुशियों की क़ीमत लगाते नहीं हम,
शायद इसलिए लोगों को रास आते नहीं हम,

क्योंकि मुझे अपनी तकलीफ को बयां करना नहीं आता,
ये मत समझो की मेरे मन में ख्यालों का बवंडर नहीं आता,
हर हँसी की वजह खुशी हो ये जरूरी नहीं,
और मुस्कुराना मेरी आदत है कोई मजबूरी नहीं,

क़भी अपना समझकर पूछोगे, तब तो कुछ बताएंगे,
क्या और कितना है गम, उन सब का हिसाब दिखाएँगे ,
देखे तो होंगे आंसू खुशियों के बहुत,
गम की हँसी क्या होती है, ये हम आपको समझाएंगे।

दूरियों की जगह'

दूरियों से सजायी थी, तन्हाइयों से महकायी थी,
मैंने हर रस्म वफ़ा की बड़ी शिद्दत से निभायी थी।
हर मुमकिन कोशिश को मेरी बेअसर कर गए तुम,
सावन के मौसम में पतझड़ सी उदासी भर गए तुम,
मेरे प्यार की बराबरी जिस्मानी तालुकात से कर गए तुम,
ऐसे इस रिश्ते की पाकीजगी को मिलावटी कर गए तुम।
बेरुखी बेअदहबी दिखा, तुमने ही ये नौबत लायी थी,
जो इन दूरियों ने हमारे बीच अपनी जगह बनायी थी।

Gauri Bhardwaj

Gauri Bhardwaj is a high school student managing to write poems and shoot photographs in parallelism. Both the fields, merge at the concepts of observation and richness of content. She focuses on developing an impartial perspective about the world around her and thus tries to convey her soul among the readers.

कविता:समाज यह

समाज यह अवसरवादी है
कभी अखंड स्वप्न का निर्माता है
फँसा-फँसा उंगलियां,
एकांत फाड़ता अनाज की बोरियाँ कभी।

किंवदन्त का नारा ओढ़
निष्क्रिय करता,
आत्मज के संवेदी रिसेप्टरों को
कि धुंधला जाएं उसकी
अविकसित उत्तेजनाएँ सभी।

वर्ग एक मूक
उत्पीड़ित दर्शकों का
मूढ़ता में जिन्होंने
यह अमानवीय अवस्था स्वीकारी
मद में अपनी मिट्टी के,
राख होवे तो ग्लानि।

दूजा गण समेटे
अपना लाल अधिप्लव
व्यतीत करता जीवन के अवशिष्ट अवयव
परिसीमित स्वाधीनता से,
संतुष्ट परिकल्पना से,
भविष्य का चमचा
मिसालों के अनुसंधान में।

मानसिक विकलांगों का समाज यह
आज मृत्यु शैय्या पर पड़ा-पड़ा,

सड़ रहा है
मेहतरों का ठुकराया हुआ
कलकी की प्रतीक्षा में।

कविता: सनातन की सुरक्षा

हिंदुत्व स्त्रोत है भावना का
भावना,
त्याग, बलिदान, सेवा अथवा पराक्रम की।
जिसकी महत्वता की गवाही देते इतिहास के अप्रचलित तथ्य भी।
विस्मरण करता जा रहा है देश का युवा उसे,
समाज का सुख है जिस अविनाशी धर्म की नींव ढ़की।

प्राचीनता का तिरस्कार कर
विकास की खंडर उम्मीदों में सिमटा भविष्य
प्रणाली निर्मित है जहाँ मानवता के नास्तिकों की और अहम् का
शिकार बनता अज्ञात मनुष्य।

प्रत्येक जीव की समृद्धि ही है हिंदुत्व का आधार,
स्वयं को सनातन पर समर्पित कर संभवतः हो मानवजाति का
उद्धार।

Priya Rai

Priya lives in Delhi but she is from Lucknow. She was born on 25th January 1999 in Lucknow. She had completed her secondary education from Lucknow. She did her graduation from Delhi. She is fond of writing poems and quotes. In her free time, she writes poems and quotes. She is a good combination of simplicity and amazement. She loves music and dance. She tries new things to make her awesome and adventurous because she believes that we all have life to do everything.

तेरी जरुरत

न किसी की कमी है
न किसी की ख्वाइश है
न कोई समझता है
न किसी को समझाना है
न किसी की दोस्ती है
न किसी की दुश्मनी है
न किसी की हमदर्दी है
न किसी की दीवानगी है
न किसी का सच है
न किसी का झूठ है
ज़िन्दगी तेरी आज़ाद है
ए मुसाफिर
तुझे बस तेरी जरुरत है

ठहर गया मै

निगाहें ठहर गयी कुछ इस तरह से उस शक्श पर
मानो रुक सा गया हो जहान उस एक पल में
न खबर रही खुद की
न पता चला उसका
बस देखते ही देखते खो गया सब मेरा उस इंसान में

ऐ- जिंदगी

तेरे हर रास्ते पर घूमा है
तेरी हर शाख पर टहला है
जा ज़िन्दगी तेरे हर पहलु को देखा है
देख कर भी न समझ पाए तुझे आज तक हम
न जाने कितनो ने तुझे देख कर छोड़ा है
सिखाया बहुत कुछ तूने पर मैंने कुछ न तुझसे आज तक सीखा है

तेरी कीमत

वक़्त से पूछो उसकी रफ़्तार क्या है
पानी से पूछो उसकी धार क्या है
खुदा से पूछो उसकी रेहमत क्या है
खाने से पूछो उसकी कदर क्या है
हवा से पूछो उसकी ताज़गी क्या है
सूरज से पूछो उसकी रोशनी क्या है
चाँद से पूछो उसकी चाँदनी क्या है
दे दे अगर जवाब कोई
तो खुद से पूछो तेरी दुनिया में जरुरत क्या

Ashutosh Gour'syaah'

Myself Ashutosh gour and I have done M.A. Hons in history from Delhi. I am connected with literature for 6 years; I have written several works of poetry. You can check my writeups on Instagram handle @ashutoshwrites.

Ghazal

तौबा उन ग़म की रातों पर
जब शायर भी हो बातों पर,

तनहाई औ दुश्वारी हो
बेकाबू इन अहसासों पर,

जब मंजिल भी कुछ दूर लगे
तो पर लग जाएं हाथों पर,

जब ढ़ोल बजे हों मय्यत के
तब नूरानी हो आंखों पर,

जब बात शिकन की ठहरी हो
तब भी तेजी हो बातों पर,

जब जान तैश में आ जाए
शिकवा ना उसकी बातों पर,

जब दिल उमीद गंवा बैठे
ना रोना हो इन बातों पर,

जब लाख जमां काफ़िर कह ले
ना आए झुकना बातों पर,

कुछ ऐसी इश्क मिज़ाजी हो
मरकर भी वो हो आंखों पर

नज़्म

दु:ख के तलवे फफक रहे हैं
मेरा आंगन सुलगाकर,
मेरे घर सागर उथला है
आब-ए-ग़म को छलकाकर,

चारों ओर उदासी पसरी
हिज्र की रंगत बिखराकर,
दिल में भी अब दर्द उठा है
उसके नग़में गा-गाकर,

मेरे ग़म को क्या समझेगा
तू कोरा कपड़ा पकड़ाकर,
मैं तो अभी चला आया हूं
उसकी यादें दफनाकर,

तेरी बीनाई देखेगी क्या
मेरी कब्र पे आ-आकर,
मैं तो कब का भटक रहा हूं
बदन भी अपना दफ़नाकर,

उस ही शब को फ़ना हुआ मैं
तुझसे रिश्ता जुड़वाकर,
अब मेरा फ़न क्यूं गुनाह करेगा
तुझको अपना बुलबाकर...!

Vijay

विजय चौहान
आप सभी पाठकों को हृदय से नमन करता हूं।
गौरवशाली इतिहास से समृद्ध मध्यप्रदेश के धार जिले से संबंध रखता हूं।

गर बचा न सको लाज स्त्री की
इतिहास के कालखंडों में खुद को कायर कहलाओगे

वीर धरा गौरवान्वित ख्याति
उत्कृष्ठ सभ्यता जहां जन्म लेती।
पर विपदाओं के दौर में
दुर्दशा कैसी छाती है।
स्त्री कहां अब खुद को
निर्भीक स्वतंत्र पाती है।

गढ़ पौरुष का अभिमान
श्रेष्ठता स्वांग रचाती है।
स्त्री वस्तु भोग विलास की
काम वासना संग तिरस्कार पाती है।

अन्य सभ्यता का जब हुआ आगमन
धूमिल हुआ स्त्री का आदर
युगों से थी जो पहले पूजनीय
अब दासी कहलाती है।

भय पसरा हर मार्ग पर
घर द्वार भी कहां सुरक्षित पाती।
कौमलता किशोरावस्था की
नव यौवन रंजित तन पर
नर भेड़ियों की गिद्धों सी नजर
भयभीत कर जाती है।

वीर सपूतों के वंशधरों
क्यों अपनी मर्यादाएं लांघ रहे हो।
युद्ध हुए जिनके सम्मान में

तुम उनका आदर भूल रहे हो।

ज्ञात रहे यह अंतिम चेतावनी
जिसके योग्य स्वयं को पाओगे।
गर बचा न सको लाज स्त्री की
इतिहास के कालखंडों में
खुद को कायर कहलाओगे!

(हां मुझे फिर से मोहब्बत होने लगी है)

आँखें जूगनुओं सी फ़िर टिमटिमाने लगी है
सांसों से महक फूलों की आने लगी है
खिलती पंखुड़ियों से अधर तुम्हारें,
यहाँ निगाहें भंवरों सी मँडराने लगी है
मुझे फिर कोई दीवानगी छाने लगी है...|

बरसों पहले छोड़ गया था कोई
दो राहे पर हमको,
वो यादें अब जहन से जाने लगी है।
मुद्दतों बाद मेरे घर के आँगन में,
चाँदनी आकर नये गीत गुनगुनाने लगी है
शायद, मुझे फिर से मोहब्बत होने लगी है|

कल देखा था तुझको एक निगाह भर फकत,
वो एक निगाह अपना रंग यूँ दिखाने लगी है
बंद आँखों की बातें हम टाल भी दे
लेकिन
खुली आँखें भी तेरे सपने सजाने लगी है।
हाँ, मुझे फिर से मोहब्बत होने लगी है|

OM Prakash Lovevanshi "Sangam"

आपका जन्म राजस्थान के बारां जिले के गाँव देहलनपुर में हुआ।आपकी उम्र 24 साल हैं।आपकी रचनायें मासिक पत्रिकाओं और कई साझा काव्य संग्रहों में प्रकाशित हुई हैं।आपकी स्कूल शिक्षा ज्ञान भारती स्कूल हरनावदा शाहजी में हुई।आपने कोटा विश्वविद्यालय से हिंदी साहित्य में ग्रेजुएशन किया ,जिला शिक्षा एवं प्रशिक्षण संस्थान कोटा से एलिमेंट्री एजुकेशन में डिप्लोमा और बरकतउल्ला विश्वविद्यालय भोपाल से एजुकेशन में बैचलर डिग्री की।आपकी साहित्य में रूचि है।

सावन के असली मजे

सावन के असली मजे भी
तब ही आते हैं
जब रिमझिम रिमझिम फुहारे गिरे
और साथ में दोस्त हो

जब बड़े बड़े पेड़ो पर
झूले बाँधे जाये
और सब अपनी-अपनी
बारी का इंतजार करें
और अचानक से
जोरदार बारिश आ जाये,
तब उसी पेड़ के नीचे
तने से सटकर सब दुबक जाये

गीली मिट्टी में फिसले
कल-कल करते झरनों में नहाएं
शहरों में सब डिजिटल हो चले हैं
सावन के असली मजे तो गाँव में ही आये

" मन करता"

मन करता शबनम से प्यास बुझा लूँ,
मन करता लहरों में डुबकी लगा लूँ,
मन करता चन्दा पर घर बना लूँ,
मन करता बादलों सा उड़ान भर लूँ,
मन करता सागर से मोती चुरा लूँ,
मन करता फूलों से खुशबू चुरा लूँ,
मन करता भंवरों सा गुनगुना लूँ,
मन करता घोड़ो से दौड़ लगा लूँ,
मन करता पंछियों से होड़ लगा लूँ,
मन करता बारिश में भीग लूँ,
मन करता तितलियों सा उडूँ,
मन करता इधर उधर दौड़ता फिरूँ।।

Arpit Walia

Arpit Walia is a doctor by profession and currently living in a town called Palampur in Himachal Pradesh. Apart from being a doctor he loves to write and also enjoys doing sketching and painting.

(1)

गरीब भी होता एक इंसान है,
उसके अंदर भी बस्ता राम है,
अमीर के हसने का नहीं वो सामान है,
उसकी भी अपनी एक पहचान है.
मुश्किलों का सामना हर वक्त करता है,
दो वक्त की रोटी के लिए इधर उधर भटकता है,
मोल है बोहत उसके पसीने का,
क्युंकी उसी से चलता है खर्च महीने का.
लड़ता है हर पल वो बेरोज़गारी से,
कभी भूख से तो कभी बीमारी से,
नहीं करता फिर भी शिकायत,चुप चाप अपने ग़मों को पीता है,
क्युंकी उसके संघर्ष के सहारे ही उसका परिवार जीता है...

Chetan Rathi

Chetan is a person who believe that, in life there are some incomplete stories which always chase the happiness and the good time and Only if we had the eyes to look through each other, we'd understand that inside our fractured heart we all carry an exceptional magic.

(1)

इन आँखों मैं एक बात ने कुछ इस कदर अपनी बात रख दी.
कुछ ख़्वाबों के सहारे अनगिनत ख्वाईशो को पाने की ख्वाइश रख दी!!

(2)

इस ख़ामोशी का कितना शोर है,
ये दिल ही है या दिल मैं कोई और है
मुस्कुराहट जो होठों पर आयी हुई है,
बेवजह है, या किसी बात को कह रही है
शायद,
"कुछ बातें है जो बेफिक्र होकर ख़ामोशी से,
ख्वाईशो, ख्वाब और जज़्बातो के दायरे
मैं आने को बेक़रार है.
थोड़ी बेख़बरी, थोड़ी बेसब्री से
चेहरे पर आने वाली मुस्कान की
वजह ढूंढ़ने को तयार है!!

Mousmi Dongre

Hey I am Mousmi here from Jabalpur my hobby is poem writing and I am fully Navodian

(1)

1. E- wqt...
Kabhi hmare sath bhi chlkr dekh,
Yu hmesha apni manmaani krna thk nhi hota kb tk hm tujhse apne kdm milane k liye bhagte rhenge
Wese b Zindagi ki iss daud m kafi thk chuke h hm...
2. Kuchh raaste...
Aaye the kuchh raaste Zindagi k mukaam pr,
Jaha na chahte huye b hm mud gye,
Pr jb chhoda usne, bina uske zindagi kesi hogi
Ye sochkr hi hmare hosh ud gye
3. Kharch kr diya khudko...
Tujhko kharidte kharidte,
Na Tu Mila or hm mohabbt m gareeb b ho gye

(2)

1. Kahani...
Kahani mukhtsr thi,
Pr duniya bekhbr thi khair chhodo jiski kahani thi usko konsi kdr thi
2. Khamoshi...
Kuchh ho gya h unko wo aksr hmse khfa hi rhte h,
Ajkl wo khamosh se h or hm unse na Jane kitna kuchh kehte h
3. Bojh...
Dil pr itna b bojh mt rkho ki Dil b bol uthe ki bss kr yrr ab kya meri dhadkno ko b bnd hona pdega

Chhaya Jaiswal

।।हमें मिलना ही है हमदम, किसी भी राह चलें।।
।। तुम्हारी छाया।।
From korba chhattisgarh
Since – 1999

।। मेरी कल्पना।।

वास्तविकता कहती है तुम मेरे नहीं..
मेरी कल्पना कहती है तुम सिर्फ़ मेरे हो।

मैं साधारण मनुष्यों की भाँति अपने इस
वास्तविकता को कभी स्वीकार नहीं करना
चाहती क्योंकि असाधारण बने रहना मुझे
ज्यादा सुखद लगता है।

"मुझे मेरी कल्पना उतना ही जीवित रखती है,
जितना वास्तविकता मुझे मारती है।"

।। जीवन।।

मैं कभी-कभी जीवन को
समझने के लिए दिमाग़ में
बहुत उथल पुथल करती हूँ
कुछ समय बाद ख़ुद पर ही हँसती हूँ
और शांत हो जाती हूँ
क्योंकि जीवन को दिमाग़ से
समझने की ज़रूरत ही नहीं है
उसे केवल दिल से जिया जाना चाहिए।

Deepali Bandewar

ये है दीपाली बंदेवार, सिवनी मध्यप्रदेश की निवासी है । काव्य पाठन और काव्य लेखन में अत्यधिक रूचि रखती हैं । खुशमिजाज व्यवहार हैं ।

एक सफर

आँखों में अरमान लिये कुछ कर जाए
ज्योति सा तेज होगा दीपक सी रोशनी होगी
तुम मुझे कब तक रोकोगे,
पत्थर पर लिखी इबारत हूँ
तुम शीशे से कब तक तोड़ोगे
हालातो की भट्टी में जब जब झोकोगे
तपकर तब तब सोना बनूंगी
तुम मुझे कब तक रोकोगे,
पीछे खींचोगे तब मेरे कदम और आगे बढ़ेंगे
जितने काँटे बिछाओगे मैं उतना मजबूत बनूंगीं
तुम मुझे कब तक रोकोगे ।

सपने

कोई सो कर सपने देखते है
तो किसी को सपने सोने नही देते,
मिलेगी कामयाबी है मन में विश्वास
सपने पूरे करने की है दिल में आग,
देखे हैं जो dreams उनके करीब हूं
बनाऊँगी मैं खुद का नसीब हूँ ,
सब ने कहा impossible है यार
सोच लिया मैंने अब मैं हूं तैयार ,
आज करूँगी मेहनत कल मिलेगी कामयाबी
सपने पूरे करने की दिल में आग है
कामयाबी की भूख और जीतने की प्यास है ।

Patel Bhargav (B°Krishna)

Race Human
Politics Freedom
Religion Peace

"नई शुरूआत"

गुज़री काली रात का अँधेरा लेकर,
चलो एक नई सहर सजाते हे...!

हम खुद को बे कसूर मानते है,
चलो इस गलत-फहमी से निकलते हे.

गैरों के ऐब गिनवा कर थके नहीं,
चलो तो फिर, आईने से नज़दीकीया बढ़ाते हे.

पुरानी गलतियों का तजुरबा आज काम आएगा
चलो आज फिर उन हद्दो को पार करते हे.

सारी ना-उम्मीदी को आज दफनाते है,
चलो खुद को एक बार फिर आजमाते हे...

मलाल से खुद को आज़ाद करते है
चलो फिर एक नई शुरूआत करते हे...!

सहर (सवेरा, morning)- ऐब (दोष, imperfection)
मलाल(अपराध भाव, guilt)

"पुरानी यादों का नूर"

पुरानी यादों का नूर उधार लिया हे,
रिश्तों में पड़ी दरारो के उस पार देखना है...!
गुस्ताख कोई नहीं, फिर ये रुसवाईयां क्यों हुई?

वो खूबसूरत बिता हुआ कल, जो की फिर नहीं आने वाला.
पर उसकी याद आज भी,होंठो पर तबस्सुम कि परछाईयां छोड़ जाती हे,

वो हसीन सफर के, जिसकी कोई मंजिल ही तैय नहीं थी,
फीर भी चलते रहे. उसे फिर अपने तसव्वुर में दोहराना हे.

वो रास्ते की जहा से हम गुज़रे थे कभी,
वही पर धुंधले से पडे हमारे कदमो के निशान,
उस पर फिर एक बार इन पैरो की छाप रखनी हे.

वो मोड की जहा हमारी राहे अलग हुई,
और गलतफहमी कि दीवारे खड़ी हुई.
उन दीवारो का भी शुक्रिया अदा करना हे.

आखिर में इन यादो को उसका नूर भी लौटाना है,
उस नूर पर अश्कों का ये ब्याज भी लौटाना है.

Ambuj Srivastava

Ambuj Srivastava is an engineer by profession but has a keen interest towards poetry.

Basket of Happiness.

With Roller Costar of memories
I got millions of memories with u
I gather them
&
put them in my basket of happiness.
Years will pass but that skipping of my heart beat every time
I see u remains constant.
Your anger Your mood swings & yes that soft touch of your
hands.
Yeah, I have preserved them in my basket of happiness.
Those shining stars in the sky reminds me of each precious
moment with u
but i have promise to keep
I will relive those moments thousands times & will make
memories with u till last breath
Coz my basket of happiness is empty without you.

Home.

Oh, there lives a girl
Far from worlds chaos & my league
With beautiful smile
Just like a drop of dew on the leaf
With curls on her hair
&
Courage in her eyes
She wishes to conquer all her dreams
Oh, there lives a girl
Far from worlds chaos & my league
They say Princess are in fairy tales
But I have seen a princess in reality
&
I bow my head down coz
She is just like beautiful magic.
Oh, there lives a girl
Far from worlds chaos & my league.
Home & Peace always stay together
&
I have found my home though in my dreams.
Ups & down just like mountains
But i will stand with her no matter what
She is my temple my home my moon & i am standing
Infront of her, just like a shield, to protect her
From all negativities.
Oh, there lives a girl
Far from world chaos & my league.

Rohit Kumre

Medical student

Kehne Do

Is andhere me
Saayo ke ghere m
Rha m akele yha
Kehne ko h behad alfaz
Dabe huye h kayi raaz
U hi khoya nhi hu
Akela na bewajah hu me
Bs arzoo hi kuch esi h
Rha bhut he sehne ko
Bhut kuch h kehne ko
Safar kuch zada h
Pta nhi qa irada h
Manzil h bhi ya nhi
Kashmakash m rehne do
Man, k ansu behne do
jazbaat lafzo me kehne do

Priyanka Majhi

Priyanka Majhi is a 15-year-old published writer. She is pursuing her studies from Sri Prakash Vaidyanathan, Visakhapatnam, currently residing at Junagarh, Odisha. She loves to write micro tales and poems. Her past time activities include singing and writing.

My dear Best Friend

With her there's no need to pretend
And that's my best friend.
The beautiful flower in my little garden
Came to me as a gift wrapped in carton.
The red chutney to my momos
The rajma to my chawal
The Nutella to my waffles
Who never lets me grovel?
Every time I fell, she held my back
Defending me from every attack.
Thank you, my little fairy,
For being my human diary.

"Till the End"

He and I, walking on railway tracks on a beautiful sunset. Holding each other's hand, feeling the cold breeze blowing, gracing with love. Our hearts were like the lines of railway track; walking together but can never meet. He was Muslim (We knew we could never have a similar destination as our families would never accept us but still, we walked till we exhausted, till we shattered, till we couldn't bear, till the end

Surbhi Arora

Surbhi Arora is from Delhi and she is currently pursuing masters in commerce. She has been graduated from Delhi University and also found one year diploma in Hindustani classical vocals.

She gets inspiration from mother nature to perform the various roles in her life in an artistic way. Her passion for writing was recognized by her school teacher and since then she has been writing more over on nature and fictional characters. She wants to become a teacher and a social reformer who could help the society and environment in any way.

(1)

When I couldn't live the moments,
I lived a poetry!
When the love couldn't find me,
I sang a poetry!
When I couldn't win a destiny,
I won a poetry!
When I couldn't find the answers,
I questioned a poetry!
When I couldn't speak of life,
I wrote a poetry!
When I couldn't find the ways to fly,
I gave wings to a poetry!
but the day I couldn't write a poetry,
I simply became every phrase of the poetry!

(2)

I wish, I could feel you
when the wind recites me our story,
I wish, I could feel you the way,
Lovers meet in a poetry
I wish, I could feel you
when my eyes stared at those dried flowers you bedecked me with,
I wish, I could feel you under this lonely sky,
where you had promised me to count the stars,
I still wait there for you until my heart cry out the lyrics we used to sing,
I wish, I could love you more
if I had known you would leave me here alone,
I come to that window every day,
hoping that my heart will find you there someday,
But the part of it has gone before you,
Somewhere it wishes to be alive with you,
and here the part of it wishes
I could feel you!

Anwesha Das

Co-author Anwesha Das belongs to Medinipur, West Bengal. She has completed her CSE Engineering from Chandigarh university and is pursuing MBA from IBM Gurgaon, MDU. She has writing poetry, quote, script, Article as her Passion. She wants to be an Entrepreneur in future.

“Real Test of Success”

Success is getting what we want in our life. The logical definition of success is an achievement of desire vision and planned goals. In way of career and professional perspective, success means the achievement of any position for which we aspire.

In today’s world, success defined by a cash bank balance, properties; a successful man specified by the glamour, prosperity. That’s the misconceptions of success.

Success is the ability to live our life the way we want to live it. Success can be interpreted in many ways. Success is always doing your best, success is to learn something new everyday life, success is believing in yourself that you can do it.

Muskan Sachdeva

Muskan Sachdeva hails from Basti, Uttar Pradesh. She completed studies from St. Basil's and is pursuing Chartered accountant along with BCom from Allahabad university. Writing was just a time pass earlier but then it became her passion. She has been co-authored in 20+ anthologies.

(1)

A million of stars would not bring you back
I hide my tears when I say your name
But all the pain in my heart is still the same
Although I feel happy and carefree
But there is no one who misses you more than me.

Arihant Singh

College Student

(1)

अजीब कारनामे दिखलाता है ये हर दिन।
मैंने दिल से बड़ा कोई जादूगर नहीं देखा।

(2)

वफा के इस शहर में बंदिशें बहुत हैं।
लोगो में मोहब्बत कम रंजिशें बहुत हैं।

R.V.Teena

R.V.Teena
Bikaner
Love to write
Write with soul own words
Singing, dancing, crafting by passion
Simple girl family support

एक नई राह की तलाश

अजनबी सफर,अनजान रास्ता
ना राहों में मोड़
ना मंजिल का पता
निकल पड़े फिर भी उस अनजान राह पर
बस इक अनकही उम्मीद का दामन थामकर
मिलेंगे फिर मुसाफिर नए
ये ना मुकम्मल होती आस लेकर
हर रोज़ मिले जख्मों को भूले कैसे
कुछ अपनो के दिए थे
तो कुछ अपने हक़ से लिए थे
चल पड़े फिर कुछ नया ढूंढने
आंखों में आसूं और होठों पर मुस्कान लेकर

हमारी याद मरने के बाद

याद आएंगे इक दिन उन्हें भी हम
बस एक बार मर तो जाने दीजिए
रोएंगे वो भी हमारे लिए अपना कहकर
बस एक बार मर तो जाने दीजिए
हम भी अच्छे थे कभी ये अहसास उन्हें भी होगा
बस एक बार मर तो जाने दीजिए
हमारा साथ भी हसीन था
ये उन्हें भी समझ आएगा
बस एक बार मर तो जाने दीजिए
हमसफ़र हमसे बेहतर कोई नहीं मिल सकता
ये बात वो भी सोचेंगे
बस एक बार मर तो जाने दीजिए
हम भी सही थे ये वो भी समझेंगे
बस एक बार मर तो जाने दीजिए
कमी हमारी उन्हें भी सताएगी बहुत
बस एक बार मर तो जाने दीजिए
बस एक बार मर तो जाने दीजिए......

Rishika Ishita

Dil ki bat

(1)

कुछ-कुछ लफ्जों की दरमियान सजती हैं
अनजान रिश्तों में अक्सर चाहत नजर आती हैं

ख्वाबों की दुनिया हकीकत में नजर आती हैं
बातों ही बातों में उनसे दिल की बात होती हैं

हर दिन के बाद रात ऐसी मुलाकात होती हैं
जैसे सूखी पड़ी जमीन में वो पहली बरसात होती हैं

कभी अकेले बैठे उन बीताये लम्हों की बौछार होती हैं
जूझते रहे अकेले में क्या करें अकेले में खुद से बात होती हैं

ठहर जाते कदम,आँखों में पानी,होठों में रूसवाई होती हैं
कुछ-कुछ में बहुत कुछ राजो की बात होती हैं

मोहब्बत की दुनिया में, वो सख्श की यादें साथ होती हैं
साथ हो या ना हो लेकिन हर लम्हें में साथ निभाती हैं

शीर्षक-किताब

विधा -कविता

किताब सा एक हिस्सा बनी मेरी जिदंगी
कुछ पुराने किस्सों की मेहताब बनीं जिदंगी

जिदंगी किताब के पन्ने बनी अनकही कहानी
स्याही बनी जज्बात,भरोसे और कर्मो की

कुछ पन्ने अधूरे किसी मोहब्बत का हिस्सा बनी जिदंगी
कुछ अपनो की कुछ गैरो की किताब में बनी जिदंगी

ना जाने किताबों की अनसुलझी कहानियाँ हैं
कुछ अधूरी-कुछ पूरी खवाबों की निशानियाँ हैं

किसी के मोहब्बत में तो संघर्ष की कहानियाँ हैं
किताब सी जिदंगी हर यादों की जबानियाँ हैं

Priyanka Pant

Priyanka Pant, belong to Uttarakhand Born and brought up in Lucknow, India. She is a daughter of Mr. Jagadish Pant and Mrs. Neeta Pant.
An undergraduate student pursuing B com. honors.
Her heart belongs to creativity. She is interested in writing poems, painting and craft work. She Love writing her thoughts which makes her feel happy all the time. She is extremely thankful to her family and few friends who had supposed her and push her towards her dreams. She feels extremely happy to share her thought with the world.

Kitna Sahi Hai

Kitna Sahi Hai
ummeed kr na aur kb tk krna sahi hai?
ye sawal kitna pucha hai mene khud se.
woh jo itna dur hai mujhe se
kya pyar beshumaar hai usse mujhe se
ye sawal kitna pucha hai mene khud se
sawal kai hai jwab ek bhi nhi ummeed krna aur kb tk krna sahi hai?

uske dil mai mere liye pyar sahi mai hai?
kya meri haar khushi mai uski khushi sahi mai hai?
swal kai hai jwab ek bhi nhi hai
ummeed kr na aur kb tk kr sahi hai?
ye sb khud se puchna kitna sahi hai?

uska mere haar khayaal mai hona uska mere haar jawaab mai hona.
kitna sahi hai??
usse jaan kr bhi aajana samajh na kitna sahi
ye sawal Khud se krna kitna sahi usko aapni haar ummeed mai rkhna
aur kb tk rkhna sahi hai
ye sawal kitna sahi?
ye sawal khud se krna kitna sahi hai??

Harshvardhan Gupta

Harshvardhan is a student of computer engineering in 2nd year diploma and is working hard for his education as well as for his passion. He is passionate in writing thoughts, quotes, poetry, anthology and many more, just what writers do. He wants to spread positivity and motivation through his words, so that people can stay happy.

अपनी राह पर चलो लोगो की राह तो खत्म नहीं होगी- 1

कुछ समझ नहीं आ रहा है,
ये मेरे साथ हो क्या रहा है,
कभी ख़ुशी की लहर बह रही है,
तो कभी दुखि के घने बादल छा रहे है,
पल में लोगों को भूल जा रहा हु,
तो पल में लोगों की याद आ रही है,
वो कोई गैर नहीं वो मेरे अपने है,
पर अब उनसे मिलना भी तो मेरे सपने है,
वो काम में हमारे लिए मगन है,
पर रुला रही है मुझे उनकी याद इतनी प्यार की लगन है
में कहता हु मत दो पैसा पर दे दो मुझे मेरी ख़ुशी,
पक गया हूँ इस ज़िन्दगी से, पल में ख़ुशी तो पल में दुखी.

अपनी राह पर चलो लोगो की राह तो खत्म नहीं होगी- 2

क्या जी लू ज़िन्दगी अपने हिसाब से
दुखी भी करते है भगवन हमें हमारी ख़ुशी के हिसाब से,
लोग क्या दुखी न होने के लिए खुश रहना भी छोड़ दे
अपने सपने को तोड़ दे,
यही सोच के लोग जीवित रहना ही छोड़ दे
और हो जाए लोगों का सर्वनाश,
लेकिन ये तो सर्वनाश भी नहीं होने देंगे
लोगों को सुकून से जीने नहीं देंगे और नाही सुकून से मरने देंगे
अपनी राह पर चलो लोगो की राह तो खत्म नहीं होगी,
पक गया हूँ इस ज़िन्दगी से पल में ख़ुशी तो पल में दुखी.

Abhishek Srivastava

Abhishek Srivastava is a senior student in Lucknow Christian Degree College affiliated to Lucknow University currently taking up bachelor's degree in science. He is also continuing his studies in music pursuing table from Bhatkhande Music University. His writeups gave a voice to his feelings and this thing has taken his love for writing to another heights.

ललकार

तेरे आँसू से बना जो दर्द है तेरे बाप का,
डाल के उसे हिम्मत के सांचे में बना ले अंगार अपनी आँख का,
करके छाती चौड़ी टक्कर लेले अंधेरे से कह दे उसे तू खिलौना नहीं किसी के हाथ का,
उन भेड़ियों को अपनी कमज़ोरी की झलक नहीं नज़ारा दिखा एक शेरनी के अभिमान का,
नहीं उठाएगा तलवार कोई इन हिजड़ों की सरकार में तेरी हिफाज़त को जाके खुद कर इन्तज़ाम अपने हथियार का,
अब सिसकियाँ नहीं अपनी ललकार सुना जिससे सीना फट जाए इन बुसदिलों से भरे समाज का,
उन मोमबत्तियों के भरोसे मत बैठ जो तेरे मरने के बाद जलेंगी बन ज़रिया उनके मौत के समान का,
ममता छोड़ अहंकारी बन और दिखा दे तू डर नहीं गर्व है अपने बाप का।

अमन सहारे

अमन सहारे जो पेशे से सिविल इंजीनियर है तथा मूलतः सतपुड़ा के अंतिम छोर में बसे मध्य प्रदेश के वनाच्छादित तथा सुंदर जिले बालाघाट से संबंध रखते हैं

पतझड़

यहां हर मौसम अब पतझड़ सा है
बारिश में बूंदे, सर्द में ओंस,गर्मी में पसीना
कोई भी रुत हो रुत हो कुछ ना कुछ गिरते ही रहता है
हां एक और चीज है जो सारे मौसम बराबर गिरती-टपकती-झरती है
"आंखों से आंसू"
खैर छोड़ो वहां तो हर दफा बहारें ही होती होगी
तभी तो तुम गए थे

श्याम रंग

आगंतुकों के लिए चौपाई बिछा
हम नीचे सोते हैं

यही हमारी रीत चली है
कि मेहमान तो भगवान होते हैं

अगर गोरा होना ही अच्छा होता है
तो वो कौन होते हैं जो अंदर से गोरे होते हैं

क्या श्याम रंग होना इतना बुरा है
लेकिन काले तो भगवान होते हैं

Dwiza

Dwiza Daughter of Mr. Pardeep Kalra And Mrs. Devinder. Her life is all around her family and friends. In present She is pursuing Bachelor of computer Application". She loves to portray her poetry & quotes". She likes travelling and capturing moments. Writing is never made to do, it just happens. I never had any inspiration of writing. My inner feelings made me this capable. I wish to write further and get a name for myself by this passion of mine.

(1)

Bahut kuch paane ki chah Mein
nikla tha ghar se
Manzilon ki khoj khabar thi
par anjaan tha safar se.

kuch apne peeche choot gaye
toh kuch anjaan bhi apne huye
sath unke chalte Chalte
Mukammal kuch sapne huye

Padao badle, mahaul badalne laga
ek tarah sejeene ka tarika hi badal gaya
beeta waqt zehen main toh tha,
par soch maen nahi
phir dheere dheere Mukummal sapno ne bata diya
ki ye raasta kuch aur hai
aur mujhe jaana kahi aur hai

Main haqiqat ke kareeb tha
bacche, paintings, unki kahaniyaan, unke drame,
unke bachpan mein khud ke bachpan
ko phir se jeene ka sukoon tha
aur yahi sukoon ab kho gaya tha

Khair,
jo dekha jo samjha jo jaana so kiya
kya galat kya sahi kaha nahi kisi ne
phir jaana hoga dekhne samjhne aur seekhne
aur bacche, aur bachpana
aur kahaniyaan jeene

Haqiqat ki talaash mein, phir nikla hu ghar se
Manzil ka is bar pata nahi, puchh lunga safar se

Hanuman Bishnoi

हनुमान बिश्नोई जो राजस्थान के बाड़मेर जिले से संबद्ध रखते है। और वर्तमान में राजस्थान विश्विद्यालय (परिष्कार कॉलेज)से कला स्नातक द्वितीय वर्ष में अध्ययनरत है इसके साथ ही ये हिंदी भाषा के पठन पठान में विशेष रुचि रखते है इनका एक काव्य संग्रह " जीवन के पथ पर " प्रकाशित हुआ है।

देहात कि औरत "

मुझसे कोई पूछे कि कौन होता है सबसे
मजबूत
तो निसंदेह मैं कहूंगा
देहात कि औरत होती है सबसे मजबूत
गोबर से सने हाथों से भेजती है
अपने बच्चों को स्कूल
उसने आजतक घर की दहलीज नहीं लांघी
पर मन में उसके संपूर्ण संसार कि कल्पना है
वो जीना चाहती है
अब उसने सोचा वो जीएगी
अपने बच्चों के सपनों को पूरा करने में
अब अपने बच्चों को वो दुनियां
दिखाएगी जो उसने आज तक नहीं देखी
शायद इसीलिए अपने बच्चों की किताब को
रखती है संभाल कर
सब कुछ सह लेती है बिना कुछ कहे
पूरा जीवन लगा देती है
अपने बच्चो के सपनों को पूरा करने में
और अपनी पूरी जिंदगी घर में ही रही
नहीं निकल पाई उस कैद से
पर अपने बच्चों को बना दिया इस काबिल की
वो जीत ले पूरी दुनियां
खैर अब ना वो देहात रहे ना वो महिलाएं

Parth Munia

Parth has done graduation in electrical engineering and he wants to be civil servant. He loves writing poem. He thinks poems are what make him alive.

(1)

सबसे गहरी है
नदी प्रीती की
तुम चाहो या ना चाहो
जिंदगी की कश्ती
डूबा देगी तुम्हे उसमे
बार बार पुकारने पर भी
मदद नहीं मिलेगी...पर
देगा कोई हाथ तुम्हे
जो चाहता हो डूबना
तुम्हारे साथ.

(2)

ख़त्म नहीं होती कभी
मेरे मन मे चल रही
ये रात बहुत लंबी है
शोर है सन्नाटो का
या कोई सितारा टूटा है
सुन रहा हूं दास्तां
इन जुगनूओ की
कहते है...सुनो
चिराग़ तो बने ही है
अंधेरों के लिए.

Rahul Kumar

देवभूमि उत्तराखंड के एक शहर काशीपुर में जन्मे।
संगीत, सिनेमा, साहित्य और राजनीति में रुचि।
इतिहास में स्नातकोत्तर की पढ़ाई। साथ ही वर्तमान में लॉ के छात्र।
पेन नाम आर्या
इस्टग्राम आईडी @arya_ke_lafz
प्रथम संकलन - टीन राइटर्स

"मिथ्या शरीर"

ये कैसा जीवन,
कहा का जीवन,
अस्थियों का बोझ है।
काल की बैशाख पर,
लेटा हर एक रोज है।
रोता है हर एक शरीर,
आत्मा मदहोश है।
मुंड की हर आवाज पर,
लकड़ियों का दोष है?
देख कैसे राख है पड़ी,
कलश तो बेहोश है।
ये जीवन तो भ्रम से भरा,
शरीर ही बस
पाप किंचन स्रोत है।

"मेरे जवाब"

तुम जवाब ढूंढोगे,
मै सवाल लिख दूंगा।
तुम कलम ढूंढोगे,
मै किताब लिख दूंगा।
तुम किस्सा ढूंढोगे,
मै कहानी लिख दूंगा।
तुम शब्द ढूंढोगे,
मै पक्ती लिख दूंगा।
तुम बुढापा ढूंढोगे,
मै जवानी लिख दूंगा।
तुम सोचोगे मै इसे साफ़ कर दू,
लेकिन मै खुद की निशानी लिख दूंगा।

Sangam Raghuwanshi

Dreamer, believes in magic, happier, learner

तू भी बता जरा तेरे क्या हालात हैं?

कई दिनों से मेरे शहर में बारिश नहीं हुई,
तू भी बता जरा तेरे क्या हालात हैं,
कई दिनों से मेरी गली से कोई बारात नहीं गूजरी
तू भी बता जरा तेरी गली के क्या हालात हैं,
कई दिनों से मेरे घर में कोई उत्सव नहीं मना
तू भी बता जरा तेरे घर की रौनकें कहाँ हैं,
कई दिनों से मेरे मन की जमीं पर सावन नहीं बरसा है,
तू भी बता जरा तेरी सड़कों के क्या हालात हैं,
कई दिनों से मेरी आँखों ने चाँद नहीं देखा है
तू भी बता जरा तेरी रौशनियों के क्या हालात हैं,
मेरे दिल की दीवारों पर अभी किसी की तस्वीर नहीं बनी है,
तू भी बता जरा तेरे कैनवास के क्या आसार हैं,
मेरी छत पर अभी तोते दाना चुगने नहीं आये हैं
तू भी बता जरा तेरे पंछियों के क्या हालात हैं, हवाओं ने अभी मुझे छुआ नहीं है
तू भी बता जरा तेरे शरीर के क्या हालात हैं,
मेरे हिस्से की जमीं पर अभी फसल उगी नहीं है,
तू भी बता जरा तेरे खेतों के क्या हालात हैं?

Dr Falak Wadhwa

My Self Dr.Falak I'm A Dental Surgeon. And for Me Writing Is लिखती हूं ताकि अपने आप को पढ़ सकूं। And I Love to Do Singing

(1)

पाराएपन का उदाहरण-
अपने लोग है।।।

अच्छे इन्सान का अकेला रह जाना
उसकी बहादुरता को दर्शाता है।

आज इंसान बहुत कुछ बन गया है
सिवाय इंसान के ।

ए इंसान
भला! तुमसे बड़ा निरक्षर कौन है?
जो स्वयं को समझने में ही असमर्थ है

क्यों

समझ देने वाला क्यों नासमझ होता है?
हौसला बढ़ाने वाला क्यों हारा होता है?
प्यार देने वाला क्यों भूखा होता है?
हंसाने वाला क्यों टूटा होता है?
मोहब्बत करने वाला क्यों अधूरा होता है?
पूजने वाला भगवान क्यों पत्थर होता है?

मेरी किताब के पन्ने पर लिखा हर एक शब्द मेरे अश्कों की सियाही से भिगो कर लिखा गया है।
तब भी किताब का हर पन्ना कोरा कागज है।
मेरा प्रेम किसी लाल रंग,
खन -खन छन- छन की आवाज,
और कच्चे काले दागों का मोहताज नहीं!!

तुम्हारे प्रेम के श्वेत रंग से शीतल हूं मैं!
तुम्हारी आवाज की गुंजन में मगन हूं मैं!
तुम्हारे प्रेम के उलझे धागों में सुलझी हूं मैं!!

हंसी मेरी सबसे अजीज दोस्त है,
जिसने मेरे हर गम को,
अपने सीने से लगा रखा है!!

Jaspreet Arora

"मैं कुछ नहीं मेरे शब्दों के बिन।"
-जसप्रीत अरोरा
जसप्रीत की और लिखारी पढ़ने के लिए उनके इंस्टाग्राम पेज पर जाएं
-

लिखारी

मिल कर अलग होजाना ही किस्मत नहीं थी तेरी मेरी,
ज़रा पढ़ कर तोह देख तू मेरी कहानियों में कितना मशहूर है।
बस इतनी सी ही नहीं थी कहानी तेरी मेरी,
बन गयीं यादें तेरी कविताएं मेरी इसमें मेरा क्या कसूर है?
मैं तुझपर लिखारी करती रही
तुझको किताबों मैं भरती रही।
बेच दिया तुझको जब एक किस्सा बनाकर बाज़ारों में,
कायल हुए तेरे लोग हज़ारों में।
क्या तू था भी इतना कमाल?
या मेरे शब्दों का मचाया हुआ है ये बवाल?
चाहे जवाब कुछ भी हो इस सवाल का,
प्यार था सच में अपना बेमिसाल सा।

सड़क

चलते चलते हम कहाँ आगये,
कैसे हम सब यहाँ आगये?
ये शहर न तेरा हो पाया,
न बन सका मेरा।
ये कोना न मुझे भाया,
न इश्क़ बना तेरा।
यहाँ से वापिस कौनसी सड़क जाती है?
ये दूरी मुझे घर की याद दिलाती है।
न अपना सका इस परायी गली को मैं कभी,
न बन सका ये घर तेर।
न लौट पाया मैं अपने शहर को कभी
न कोई रास्ता बन सका तेरा।
मैं कोशिश मैं हूँ
तलाश मैं भी।
जा पाता अपनी गली काश मैं भी।

Palak Inwati

She is name Palak. She lives in seoni.she is studying nursing. She was interested in writing poems so she wants to spread her poetry to others so that every person reads her poem and gives her views.

(1)

आज भी साथ तो नहीं है वो
पर रूह से कभी गया भी नहीं
हां भूली तो नहीं हूँ उसको
पर उसने याद कभी किया भी नहीं

हां मालूम है मुझे तुम्हें मुझसे प्यार हुआ नहीं था
पर जो मैंने किया वह झूठ नहीं था
हां तुमसे बहुत अलग हूँ मैं
इसलिए तुममें खुद को देखने का सपना सच नहीं हुआ

हां मुझे पता है जो कहा था तुमने आई लव यू
उसका कोई मतलब नहीं था
पर जो मैंने कहा वो शायद तुम समझ पाए ही नहीं

हां तुमने मुझे कभी महसूस नहीं होने दिया
कि तुम मुझसे प्यार नहीं करते
पर तुम हमेशा मेरे साथ रहोगे ऐसे तुम होने दिया नहीं

हां तुमने बड़ी आसानी से जाने को बोल दिया
क्योंकि मैं तुम्हारे जज्बातों में थी नहीं

Deepak Kumar

My first identity is I'm from Banaras Hindu University and I'm from Haridwar. I love reading poetries. I'm bibliomaniac and hyperpolyglot as well.

तितली

इश्क़ किस दर्ज़ा, इश्क़ करने वालों को बेखौफ बना देता है इसका अनुमान नहीं लगाया जा सकता, लिहाज़ा बस महसूस किया जा सकता है। इतने बेखौफ की मरने से डरने वाले दो लोग साथ मरने के वादे करते हैं, उस वक़्त उस वादे में बेहिसाब सच्चाई समाहित होती है पर नियति नहीं मानती और कोई विरले ही किसी के मर जाने से मर जाता होगा !ताज्जुब की बात यह की अंजाम सब जानते होते हैं और फिर भी एक दूसरे इंसान को सब मान लेते हैं। वो खिड़की, दरवाजे कूदकर आती थी, वो सबसे झूठ बोलकर आती थी, वो बंक करती थी, वो हर जरूरी काम अधूरा छोड़ आती थी, वो हर किसी का डर ना जाने पोटली बांधकर कहाँ बहा आयी थी। डरी, सहमी हुई वो मासूम से लड़की अब दुनिया से भीड़ जाने की बात करती थी। वो हर दुख, मुसीबत मोल लेने को तैयार थी बस मेरा हाथ उसके हाथ में हो। शायद उसका इश्क़ तितली जैसा था, जो जानती है की इस बगीचे में बच्चे उससे पकड़ लेंगे, पकड़ लेने की ताक में है,उसके पर नोच दिए जायेंगे, फिर भी उसी बगिया के जिस गुलाब से वो मोहब्बत करती रही है, उसके स्पर्श के लिए बेचैन हो उठती है और आ बैठती है अपने प्रियतम की बाहों में !बेखौफ। ऐसी थी वो। कितना सटीक है यह कहना की अपने पँख तक गिरवी रख देती हैं, ज़ब मोहब्बत में होती हैं तितलियाँ!

पथिक

परिस्थियाँ विरुद्ध ही रहेंगी, तुम थम जाना मत पथिक
शूल ही शूल होंगे डगर भर, तुम घबराना मत पथिक।
कुछ तकलीफें सिर्फ अपने सीने मे महफूज़ रखना
यही हमराह होंगे, पाँव के छाले दिखना मत पथिक।
भटके हुए भटकाने को आएंगे तुम्हें भी मुमकिन है
आज़माइशें होती रहेंगी, तुम संयम आजमाना पथिक।
मंज़िले सफर का हाल पूछती हैं, पूछेंगी तुमसे भी
कांटे सीने से और धूल माथे पर लगाना तुम पथिक।
राहें बेरहम होती हैं, साये साथ छोड़ जाते हैं अक्सर
मिसालें दी जाएंगी, बेखौफ तुम चलते जाना पथिक।।

Himanshu Patel

हिमांशु पटेल,मंडला निवासी(टिकरवारा)।।
इंस्टाग्राम आई. डी.- himanshupatel2.0
एक दिन "हम" और "आप" महज एक "याद" बनकर रह जायेंगे ..।
कोशिश कीजियेगा कि "यादे" अच्छी बनी रहे..।।

(1)

मैं नेता बन जाऊं (हास्य व्यंग)

ऐसा दो वरदान प्रभु की मै नेता बन जाऊं।
झूठ कपट चोरी के धंधे ख़ुशी ख़ुशी अपनाऊ।।

हो गया मै सब विधि सब लायक,
एक बार बन जाऊं विधायक।
विधि विधान का अपने बल पे,सत्यानाश कराऊं।।
ऐसा दो वरदान प्रभु की मै नेता बन जाऊं।।

जनता का सम्मान करूंगा,
भूख, बेकारी दान करूंगा।।
करूं हवाला,सुख से घोटाला
तब सुखराम कहाऊ।....
ऐसा दो वरदान प्रभु की मै नेता बन जाऊं।।

जब मैं बैठूं सदन के अंदर,
नाचूं जैसे कलुआ बन्दर।
सुने ना समझे कोई,
बेसुर में ऐसा चिल्लाऊं।
ऐसा दो वरदान प्रभु कि मैं नेता बन जाऊं।।

Priya Rai

Being straight forward

(1)

Mujhey sokh nhi hai mehngi gadiyo ka kya tum mere sath long walk par chal paogey
Mujhey classical music pasand hai kya tum thodhi derr ke liye mere sath gungunaogey
Mujhey tumhari woh club wali party main jara bhi intrest nhi hai kya tum mere sath kathak kar paogey
Mujhey Goa ke beach par nhi tehlna kya tum Ganga ke kinare Beth paogey
Mujhey ishq hai apni kitabo se kya tum thodha samay nikalkar meri kahaniya sunn paogey
Main tumhari banney ko tiyar hu kya tum mere bann paogey
Mujhey social media par public karo ya na karo kya tum mujhe publicly sambhal paogey?
Main tyar hu tumharey sath chalney ko kya tum mere sath kadam mila paogey?

Ronak Agarwal

I am a student and love writing poetry.

(1)

प्रेम में तेरे सांवरिया इस कदर खो जाऊँ
कभी राधा तो कभी मीरा हो जाऊँ

मोर मुकुट जो माथे सोहे
मोर पंख का तार हो जाऊँ
अधरों पर जो रखो मुरली
मधुर मै उसकी तान हो जाऊँ

फाल्गुन में जो होली आए
रंग खेलो तुम,में पिचकारी हो जाऊँ
और इस कदर रम जाऊ तुममें
गेरुआ वो रंग हो जाऊँ

तुम्हे सजाऊ तुम्हे रिझाऊं
पीला वो पीताम्बर हो जाऊँ
मनमोहक जब झांकी हो तुम्हारी
तो नज़र का काला टीका हो जाऊँ

पवन हिंडोले जो तुम झूलो
तुम्हे झुलाती बयार हो जाऊँ
जिस डाली हो झूला तेरा
कदंब की वो डाली हो जाऊँ

नदी किनारे जो तुम आओ
यमुना का शीतल नीर हो जाऊँ
स्पर्श मात्र जो मिले तुम्हारा
पर्वत गिरिराज की धूल हो जाऊँ

सुबह निहारूं शाम निहारूं
आठों पहर मैं वारी जाऊँ
पागल पागल कहे ज़माना. मैं श्याम दिवानी हो जाऊँ

प्रेम में तेरे सांवरिया इस कदर खो जाऊँ
कभी राधा तो कभी मीरा हो जाऊँ

सपनों का भारत

हिंदुस्तान का बच्चा-बच्चा वंदे मातरम गाएगा

नारी जहां सुरक्षित होगी,प्रगति वहां सुनिश्चित होगी,
नारी लक्ष्मी,नारी शक्ति,नारी दुर्गा अवतार भी होगी
निर्भया का हर एक दोषी रोएगा पछताएगा
हिंदुस्तान का बच्चा-बच्चा वंदे मातरम गाएगा

त्रेता सी मर्यादा होगी द्वापर सी लीलाएं होंगी
हर एक छोटे बच्चे में जब बाल कृष्ण की झांकी होगी
तब जाकर यह घोर कलयुग जीने योग्य कहलाएगा
हिंदुस्तान का बच्चा-बच्चा वंदे मातरम गाएगा

जब यह बच्चे आगे चलकर धरती सर-सर नापेंगे,
भारत के नाम से केवल,दुश्मन थरथर कापेंगे,
आसमाँ में मेरा तिरंगा शान से लहराएगा,
हिंदुस्तान का बच्चा-बच्चा वंदे मातरम गाएगा।

ना ही होगी मारधाड़ ना दंगे ना ही फसाद होंगे
हिंदू मुस्लिम सिख ईसाई वापस भाई-भाई होंगे
भाईचारे का डंका तब ये विश्व भर में बाजेगा
हिंदुस्तान का बच्चा-बच्चा वंदे मातरम गाएगा।

फुटपाथ वाला वह बच्चा भी जब अपने घर में सोएगा,
दीन हीन जो वह किसान जब फांसी नहीं लगाएगा,
सोने की चिड़िया तब यह मेरा भारत कहलायेगा,
हिंदुस्तान का बच्चा-बच्चा वंदे मातरम गाएगा।

Movin Soni

Owner of Malhar Diamonds.

(1)

फिजूल में ज़िन्दगी फिसलते हुए.
देखा है मैनें वक़्त को बदलते हुए ।।।

ज़िन्दगी का जन्म मैने होते देखा है.
मां शब्द से भी पहले _मैं_ बोलते देखा है
मैने बचपन को देखा है बदलते हुए.
खिलौनों को तन्हाई से खेलते हुए.
कच्चे दांतो से रिश्तों को तोड़ते हुए.
बचपन को अकेले में मैने.रोते देखा है
मैने वक़्त को देखा है. बदलते हुए ।।।

मासूम को परिपक्कत मैने होते देखा है
ईश्वर से भी पहले धन को पूजते देखा है.
मैने ज़माने को देखा है बदलते हुए.
चवन्नी को रुपयों में चलते हुए.
फिर अपने ही साए से डरते हुए.
बे-इमानी को बड़े ईमान से मैने बिकते देखा है
मैने वक़्त को देखा है.बदलते हुए ।।।

ऐसी ज़िन्दगी का अंत मैने होते देखा है
चार कंधो के लिए भी संघर्ष मैने होते देखा है
मैने इंसान को देखा है बदलते हुए
उसे मतलब को डोरी को बुनते हुए
और अपनी ही कौम को कोसते हुए.
अल्लाह की मूरत का भी दम मैने...घुट ते देखा है.
मैने वक़्त को देखा है.बदलते हुए ।।।

(2)

किसी के ना होने एहसास
उम्र भर साथ रहता है ।
दिल के कोने में घर तो करता ही है
बात बात पर आंखों से बहता है ।।

इक *काश* सा बन के निकलता है
जो हर याद को जोड़ कर चलता है ।
उसका चेहरा आंखों में भर देता है
उसकी ज़िन्दगी...इन यादों से बुन लेता है ।।

कभी औरों को देख कर जलता है.
तो कभी वक़्त के कांटों सा चुभता है ।
कभी चुप-चाप अकेला भी रहता है
किसी के ना होने का एहसास. एहसास से बढ़कर होता है।।

Ayushi

Her name is Ayushi. She loves to convert her thoughts into words. She writes what she feels. She hopes you will like her work. You can see her work on her Instagram account - @aa_je_le_zara

You

Every time I look at you,
I realize Happiness has a face too
I like when you smile,
But I love when I'm the reason
You're my favorite daydream...
A hundred hearts would be too few,
To carry all my love for you.
Be in love with your life.
Every minute of it...

You have incredible ways of
making me happy everyday
You are my favorite distraction.
Your smile is the prettiest one
I have ever seen...
Some people are worth melting for.
And you are one of them.
You're my favorite place to go
When my mind searches for peace.
I want to be with you on my last page.

Quotes

Being someone's reason of happiness
is the only best thing we do in
Our Life

(2)

Lives changes like the weather. I hope you remember today is never too late to be brand new.

(3)

The first time I saw you, my heart whispered that's the one.

(4)

In all the world, there is no heart for me like yours. In all the world, there is no love for you like mine.

Nelofer Talukdar

Nelofer Talukdar born in 2000, and brought up in the capital city of the abode of clouds, Shillong. She has also been a part of 20+ anthologies. She is working as a Ambassador in WYIMUN India. Her biggest dream is to be the reason behind bringing a bright and everlasting smile on her father's face. She also wants to be a good writer. And aspires to become a defense officer in the near future and work for her mother land.

(1)

"प्यार एक खूबसूरत सफर है।
यह मायने नहीं रखता कि आप कहाँ जा रहे हैं,
बस यह बात है कि आप अपने प्यार के साथ रास्ते में हैं।"

(2)

"Life is also like a beautiful journey.
Where many ups and downs come.
But still, we have to be happy in front of all..."

Safar

"Safar toh bahut mushkil hai
Is safar mein tum humsafar toh nahi ho mere.
Bas khuda se fariyad karna
Ki tumhare bina bhi ye safar aasan ho jaaye"

Akshesh Shrivastava

मैं अक्षेश श्रीवास्तव, भारत के हृदय मध्यप्रदेश के मां पीतांबरा की नगरी दतिया जिले से हूं।अभिनय, लेखन एवं निर्देशन में रुचि रखता हूं। एक रचनाकार के रूप में आपके बीच हूं। Email- akshesh777@gmail.com, insta- akshesh_shrivastava

(1)

कहां से उठा धुआं,और कहां जा रहा है।
मेंरा ये दिल इतना क्यूं घबरा रहा है।

नजर आ रहे है जिस शख्स के निशा,
वो शख्स कहीं नजर नहीं आ रहा है।

क्या चाहता है वो समझ नहीं आता,
लगता वो दूर जाकर पास बुला रहा है।

ना जाने क्यूं बावला सा हो गया मन,
तख्ती पे तेरा नाम लिखकर मिटा रहा है।

Shefalika

शेफलिका त्रिपाठी
मूलरूप से उत्तर प्रदेश की रहने वाली, फार्मेसी की छात्रा।
लेखन, सामाजिक कार्यों और पढ़ाई की ओर झुकाव।
जीवन में कुछ कर गुजरने की इच्छा रखती हैं।
"टीन राइटर्स" के संकलन में सह लेखक।
इंस्टाग्राम आईडी -@enthusiasm_of_love
ईमेल आईडी-shefalikatripathi07@gmail.com

"एक पैग़ाम"

आज एक पैग़ाम आया है, हां उनके नाम से खत आया हैं
खैरियत हैं सब ऐसा लिखते हैं,
और बातो ही बातो में मेरा हाल भी पूछते हैं
मेरी तारीफ में भी कुछ अल्फ़ाज़ लिखे है,
मिलने जल्दी आउगा ऐसा झूठा वादा भी करते हैं।

वो नुकड़ वाली चाय पीकर आए हैं
और मुझे भी साथ पिलाने का झूठा वादा करते हैं
मुझे वो बहुत याद करते हैं
और मैंने खत नहीं लिखा इसकी भी शिकायत करते हैं
मेरी तस्वीर को निहारते हुए देखते है
और उसी तस्वीर को तकिए के नीचे रख कर सोते है।

एक दिन दोनों साथ होंगे ऐसा झूठा वादा भी करते है
मखमली सी बातो से मुझे प्यार भी करते है
शिकायत लाखो है मुझसे तुम्हें
करूंगा दूर एक दिन ये वादा भी करते है
हां आज एक पैगाम आया हैं,उनके नाम से खत आया हैं।।

"तुम और तुम्हारी मोहब्बत"

मुझे खोने का डर तेरी बातो से साफ झलकता है
इतनी बेपनाह मोहब्बत तु कैसे कर लेता है
तेरी सांसों की डोर जैसे मेरी धड़कन से जुड़ी हो
आखिर तु मुझमें इतना कैसे जी लेता है
मेरे हंसने पर तेरा चेहरा खिल जाता हैं
आखिर इतनी मिन्नत तु कैसे कर लेता है
मेरे कहने पर तु हवाओं का भी रुख मोड़ दे
आखिर इतनी सिद्दत से कैसे चाह लेता है
मेरी तो इच्छाओं मे ही बस तु शामिल हैं
आखिर मुझे हर रोज़ तु कैसे पा लेता है।

हितेश प्रमेंद्र कदम

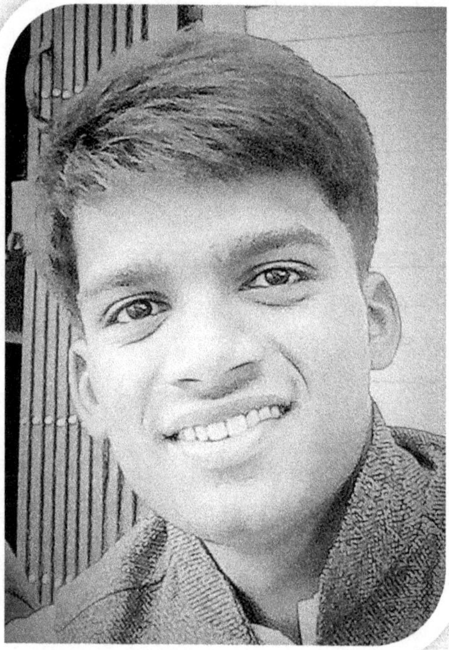

लेखक,गायक एवं विधार्थी

(मेरी जिंदगी में मैंने सबकुछ पाया आपसे)

1, मेरी जिंदगी में मैंने सबकुछ पाया आपसे।
मैं सोचता था पतझड़ हूँ मैं
पर पतझड़ को सावन बनाया आपने।
मैं सोचता था, मुरझाया सा एक फूल हूँ मैं।
पर मुरझाये फूल को कली
की तरह महकाया आपने।
मैं मैं सोचता था, कीचड़ हूँ मैं ।
पर कीचड़ मैं कमल खिलाया आपने।
मैं सोचता था, थोड़ा नासमझ हूँ मैं।
पर नासमझ को अच्छा इंसान बनाया आपने।
मैं सोचता था, कोयले का टुकडा हूँ मैं।
पर कोयले को हीरा बनाकर तराशा आपने।
मैं सोचता था, मेरी कलम मैं फन नहीं।
पर मेरी कलम को इंसानियत का नूर दिया आपने।
मेरी जिंदगी में मैंने सबकुछ पाया आपसे।

तुझसे कोई गिला या शिकवा नहीं है जिंदगी

तुझसे कोई गिला या शिकवा नहीं है जिंदगी,
जो कुछ भी मांगा तुझसे मैने मैंने वो पाया है तुझसे,
बस एक ही बात है। जो तुझसे में कहना चाहता हूँ,
हमेशा तु मेरे लिए नये ख्वाब संजोति आई है, और
में उन ख्वाबों को हर पल जीता आया हूँ,
तेरे अंजुमन में रहके बहुत कुछ सिखा हैं, मैंने
आज खुद में ही खुद को जिया है, मैंने।
मुझे तुझसे कोई हमसफर की जरूरत नहीं है,
क्योकि तु इस सफर की सबसे हसीं हमसफर हैं,
बहुत से राज है, जो तेरे दिल में दफन है,
में जानता हूँ, तु मुझे नहीं बताएगी।
क्योकि तु मुझसे ही बनी हैं मुझमे ही मिल जायेगी।
बहुत से रंग देखे है, मैंने अभी तक तेरे,
कभी दिया गम,कभी खुशी, कभी ख्वाब सुनहरे
बस एक ही बात है, जो तुझसे में कहना चाहता हूँ,
तुझमे ही जीना और तुझमे ही मरना चाहता हूँ ।

Khushal Ravindra Indorkar

Khushal is a person who just want to spread positivity and

Kyun?

Kare kuch savaal jinke javab par savaal uthe kyun
Jo Nibhaye Dil se rishta
Unhe insaan tode kyun
Jo Paale Har mushkil Se
Unhe ghar se bahar nikale kyun
Jo pohoche safalta ki aur toh chehre par tere ghamand kyun
Jo Dikhe tujhe kuch bura tere aage
Aankhein rehti teri band kyun
Jo chahe kisi ko sache mann se
Toh fir dobara soche kyun
Jo Lage ki badalna hai tujhe
Toh Badle Main fir Jale kyun
Jo jeet ki bhookh ho agar tujhe
Toh harne se fir dare kyun
Kare kuch savaal jinke javab par savaal uthe kyun

हालात

एक शब्द मे तरह तरह के जज़्बात
किसी के अच्छे, किसी के बुरे हालात
कोई ख़ुशी के मारे हसके करे बात
कोई दुःख मे बिलकुल भी ना करे बात
वो टेढ़ा मुँह बनाये जिसके अच्छे हालात
वो हाथ झोड़कर खड़ा जिसके बुरे हालात
एक है की जो परसी थाली छोड़ जाए
एक है की जो आधी रोटी को रोता जाए
एक है की दोनों हाथों से पैसे लुटाये
एक है जो एक सिक्के को पानी मे कूद जाए
कभी मेरे बदले हुए हालात
कभी तुम्हारे बदले हुए हालात
कभी मैं तुम्हारे बुरे मे रहु तुम्हारे साथ
कभी तुम खड़े रहो मेरे साथ
कभी इसके तो कभी उसके है
बेवफा से है यह हालात

Ajeet Rajpoot

Student

(1)

Kaash,wo sirf us waqt mere samne hoti,
Jab main use 6 mahine k liye chod kar bahar ja ra tha.

(2)

Pr hua kya uske aankhon k aanshoun ne use ghar se nikalne tak nhi diya

Himanshu Singh

Belong to medial class family and along with the studies a Hobbies' to write equators

"मकाम"

"मेरी छोटी सी दुनिया में एक मकाम उनका था"।।
" दिल की इस जमी पर नाम उनका था"||
" कितना प्यार करते हो जब हमने पूछा उनसे"||
" मर जायेंगे तुम्हारे बिना यह जवाब उनका था"||

"उड़ान"

"ऊंचाइयों से गिरकर मैंने उड़ना सीखा है"||
"तन्हाइयों से लड़कर मैंने हंसना सीखा है "||
"अक्सर लोग जहा टूट जाते हैं आके" |
मैंने वहीं से उठकर जीना सीखा है ||

Sumit Ranjan

काम करो ऐसा कि पहचान बन जाए, चलो हर कदम ऐसा कि निशान बन जाए/ अरे जिंदगी तो सब काट लेते हैं मेरे दोस्त जिंदगी ऐसे जियो कि मिसाल बन जाए//

कैसा है यह मिडिल क्लास

समझौते से है जिसका लाज, आमदनी है बीमारी पर खर्चे का करें इलाज
जरूरतों में निकला कल निकला आज
फिर भी एक सरकारी नौकरी पर है जिनको नाज

जिंदगी करके निकल जाए -काश.काश .काश
ऐसा है अपना मिडिल क्लास

जहां नौकरी है पढ़ाई का मकसद जहां सपनों के छोटे हो जाते हैं कद

जहां हमारा भविष्य हमारा नहीं है रहता
हम वही हैं करते जो मोहल्ला हैं कहता

जहां सपने नहीं होते हैं खास
ऐसा है अपना मिडिल क्लास

25 से पहले कुछ किया तो आवारा हो आप
25 के बाद कुछ ना किया तो नकारा हुआ

जहां लड़का लड़की कभी दोस्त नहीं होते हैं
जो ले लोन पहले खुश बाद में रोते हैं

जो दुख और पीड़ा के हो जाते हैं दास
ऐसा होता है अपना मिडिल क्लास

जिनका है सबसे बड़ा रोग
क्या कहेंगे लोग

जो है सिर्फ एक भीड़ का हिस्सा, करें हमेशा तुलना यही है इनका किस्सा

बस रोटी बस कपड़ा बस मकान, यही है इन की आन बान और शान /

जहां बड़ी सोच का रोज निकलता हो लाश
ऐसा ही अपना मिडिल क्लास ऐसा अपना मिडिल क्लास

Ashna

She is an agriculturist sowing the seeds of love with compassionate care to grow in poetry. Her roots are from Khargone, Madhya Pradesh. She can make you happy and sad at the same time by her pieces. Her words throw deep impact on the soul of reader.

"Dark World'

" Dark World "
In this dark World
I'm searching for words
My pen is screaming
But words are Still dreaming
Every juncture of the life
Is remaining
These nights are very tedious
And the days are serious
In this war between thoughts and dreams
This dark n dark world always wins
Every slobbery of the words
Is testimony of the pain of the pen

"प्रीत तेरी"

प्रीत तेरी निष्ठुर है
अभिमान मेरा मौन क्यो?
शब्दों के शोर करती मैं
निः शब्द सी हुँ क्यो?
ये व्यथा भरा प्रेम है
इसमे जड़मति मैं क्यो?
मेरे तिमिर जीवन मे
प्रीत तेरी उज्जवल सी क्यो?
झरनो सी झंकार मै
शील जैसा है तू क्यो?
प्रेम मेरा समंदर जितना
फिर मिट्टी तेरी मौन क्यो?

Anwesa Chakraborty

She is Anwesa Chakraborty, pursuing VFX (Visual Effects) from Hi-Tech Animation, Shyambazar, lives in Kolkata, West Bengal, India. Completed her Graduation, from University of Calcutta in 2019, after that she started writing. Also, a photographer, but not professional, because she loves to capture what she likes and finds interesting, nature soothes her, and greenery gives her peace. Thus, most of her writings and poems are based on nature, uses very simple language that everyone can understand. She has been a part of one Anthology named L'amour compiled by Nikhil Jain, Nisha Tiwari and Jayashree Sunkari in this year. Her writing has a touch of abstract feature, which is appreciated by all. You can find her writings and connect with her on Instagram - @the_parrot_says,
E-mail: chakrabortyanwesa@gmail.com.

Paridhi

A street child used to sell chocolates and toys by the traffic signals. Not everyone, but few used to buy them. She was nearly 12 years old. A very kind hearted child she was. Whenever she saw children crying, she used to give them toys, free of cost, without asking any price for it. And when asked for the reason of this kind gesture, she said "dusron ki muskaan hume khusi deti hai". And this made me notice her. I asked her why does she not go to a school? She answered, "itna paisa nahi hai didi, ki school mein padhai karein. Isiliye dusre bacchon ki khusi mein hi hum aapna sukoon dhundte hai." The little kid's words struck my ears hard. I knew she was not an ordinary child – she was God's messenger, who was sent on Earth in disguise, only to spread happiness. I started to visit that signal regularly, just to see her and her soberness & innocence, and often gave her some food. She did not have any fixed price to sell her commodities. Whatever her customers paid her; she would take that with a wide smile on her face. Her name was Paridhi, but during lockdown, I saw her face all dull and pale and tears rolling down her cheeks. I knew the reason, that's why even on seeing her, I did not meet her. But she saw me and came running after me, calling out my name. I had to stop, she came with her group and asked the reason for empty roads and signals. I answered in a low voice, about the pandemic caused due to COVID19, that threatened human lives world-wide and asked them to wear mask and gloves and to maintain proper hygiene. I was unable to see their painful eyes, thus I started to walk homewards. But the voice "sab ka muskaan cheen liya hai, yeh virus." caught my breathe. I found it hard to believe how these children would even survive!!! But I didn't have any option and started walking towards home.

Few Weeks Later...

The clock struck 11'o clock. I was having some chocolates and was doing 'work from home'. A melodious sound waved into my ears, but not paying much attention to it I carried on with my work. But yet again it waved into my ears. This time I rose up and rushed out into the balcony. It was a bunch of little kids with a mic and a music box, was saying about the precautions against virus, and a song that elevated a positive spirit amongst everyone in the colony, "Patri pe pahiye bhageenge, goonjegi khelo ke maidan.jo saath dede saara India, phir muskurayega India.phir jeet Jayega India, phir muskurayega India." And this made everyone come out clapping to the front of their doors, appreciating their effort. I couldn't recognize them initially, but when Paridhi saw me, she came running towards me and said, "didi fir se muskurayega humara India..." with a big smile. She kept sanitizers, toys, masks in front of their doors with proper sanitization and in return, she received rewards for her kindness. She promised us that every day she would walk through every colony and sing some motivational songs just to see smile on the faces, because "dusro ki khushiyon mein hi hum aapna sukoon dhundte hain"

Harsh Ranjan

Heart broken

(1)

लिबास उतारने की जल्दी है आज।

लगता है फिर किसी की इज्जत लौटेगी आज॥

कब तक उन मासूमों की आबरू यूंही लूटती रहेगी।

और शहरों में यूंही मोमबत्तियां जलती रहेगी॥

परदा भी ना बचा सकेगा उस मासूम की इज्जत।

जब तक हवाओं में इज्जत यूंही बिकती रहेगी॥

Kanika Sharma

I am an Educator. Who loves to write emotions?

तुम रख लो चांद सितारे

"तुम रख लो चांद सितारे"
तुम रख लो चांद सितारे,
आफताब के नाज़ारे.
आंसूओं से भरा समन्दर,
और जो भी मोती मिले उसके अंदर
तुम रख लो पर्वत नदियां,
बोलती खामोशियां
हवाओं पे चलते पैगाम,
और डूबती शामों के अरमान

पर्वतों के नीचे जो होगा
आफताब के पीछे जो होगा.
आसमान के पार जो होगा.
समंदर का भार जो होगा
मुझे तुम बस,
इनसे जुड़ी पहेलियां दे जाना.
बाकी जो भी हों कहानियां ले जाना.

"मूंद लेना आंखें"

मूंद लेना आंखे! जब कभी मेरी याद तेरे दिल पर घटा बन उमड़ पड़े.
और मूंद कर के देखना, महसूस करना,
वो लम्हें जो वक़्त के साथ कुछ और सुलग पड़े
तारीखें याद रहेगी नहीं, महीने भूल जाएंगे,
कुछ लम्हे मिल जाएंगे ख्यालों में इधर - उधर पड़े....
मैं होंगी वहीं, तेरी धड़कन को सुनती
तेरे सीने से लिपटी, जब कभी याद की घटा बरस पड़े.

Harshit Ajnabee

Civil services aspirant

मैं तुम्हारा इंतज़ार करूँगा।

कभी फुर्सत मिले खुद से तो बताना। तुमको अपने घर का पता बता देंगे, आ जाना। नहीं तो कभी भी आ जाना शाम को गंगा घाट के किनारे पर, हम वहीं मिलेंगे।
आओगी तो सुनाएंगे तुमको । तुम पर लिखी सारी कविताएँ, नज़्में । जो मैंने तुम्हारे नाम पर ही समर्पित की हैं।
अच्छा सुनो, तुम वही सफेद रँग वाला सूट पहन कर आना। जिसमें तुम सबसे ज़्यादा प्यारी लगती हो। तुम्हारे गालों को चूमने वाला वो झुमका भी पहन लेना। जो माँ ने तुम्हें इक्किसवें जन्मदिन पर दिया था। तुम्हारा चेहरा भी तो खिल उठता है, जब माथे पे तुम अपने आई की छोटी वाली बिंदिया लगा लेती हो।
तुम जब आओगी तो हम तुमको गंगा की भी सैर करा देंगे। अरे नाव चलाने वाला राजू है न, बिल्कुल अपने दोस्त जैसा है। वो दीदी दीदी करके तुमको अपने नाव की सबसे साफ जगह बिठायेगा। तुम जहाँ तक कहोगी वहाँ तक ले जायेगा तुमको। बस तुम डरना मत पानी के बीच में, डर लगे तो हमारा हाथ पकड़ लेना।
सुनो, घाट किनारे तुम्हारे बाजार वाला पिज़्ज़ा, बर्गर् नहीं मिलता है, यहाँ लाई-चना, पकौड़ी- पकौड़े,चाय, लस्सी मिलेगा। खा कर देखना। मिश्रा जी के हाथ के कटलेट तो एकदम लाज़वाब रहते हैं, वो बिटिया - बिटिया करके लड़कियों को एक दो ज़्यादा ही खिला देते हैं। तुम आना तुम्हारे साथ भी ऐसा ही होगा।
घर जाने से पहले मेरे घर चलना पड़ेगा तुमको। पच्चीसवीं सालगिरह पर पापा ने जो साड़ी माँ को लाकर दी थी , वो बहुत संभाल कर रखी है उन्होंने तुम्हारे लिये। तुम्हें देना चाहती हैं, हमसे ज़्यादा तो तुम्हें चाहने लगीं हैं वो। चलोगी तो उनके हाथ की चाय भी पी लेना। उन्हें अच्छा लगेगा।
अच्छा ये बताओ तुम आओगी न, मैं तुम्हारा इंतज़ार करूँगा।

प्रेम में पड़े लड़के।

लड़कों का प्यार थोड़ा बेरुखा, न समझी वाला या थोड़ा अजीब सा हो सकता है। पर हर लड़के का प्यार बेईमान हो ऐसा नहीं हो सकता है।

हाँ वो अपनी माशूका के मंदिर पहुँचने से पहले वहाँ की सीढ़ियों में बैठकर उनका इंतज़ार किया करते हैं। बिन जताये बेनाम सा इश्क़ किया करते हैं। कौन जाने कितने हज़ार ख़्वाब अपने अंदर लिए बैठे रहते हैं पर कह कहाँ पाते हैं हर किसी से, कहने के लिए उस एक शख़्स का इंतज़ार किया करते हैं।

अपने अहसासों को अपने अंदर छिपा के बैठे रहते हैं। अकेले कहीं किसी कमरे के कोने में बैठकर कोरे कागज से बयाँ कर देते हैं। अपनी प्रेयशी का नाम नहीं लिखते वो। लिख देते हैं कुछ ऐसा जिसे सिर्फ वो जानें। उनके सिवाये कोई और नहीं।

लड़के जब होते हैं प्रेम में तो बेवजह ही बहनों के बालों को बना दिया करते हैं। माँ के हर बात को पत्थर की लकीर सा मान लिया करते हैं। अपने से छोटों पर हद से ज्यादा प्यार न्यौछावर कर देते हैं। पिता की हर डाँट को ख़ामोशी से सुन लिया करते हैं।

हर रात वो अपने आँखों में लिए एक ख़्वाब सो जाते हैं क्योंकी वो अपनी प्रेमिका को किसी और की बाहों में देखना नहीं चाहते हैं। वो हर बात कह नहीं सकते हैं बस महसूस कर पाते हैं। हर किसी की तरह प्रेम में सिर्फ पाना नहीं, बस पूजना चाहते हैं।

कभी-कभी हालात बुरे हो जाते हैं या जब किसी को प्रेम बयाँ नहीं कर पाते हैं। तब कुछ बातें शायरी, गजलों और नज्मों से कह जाते हैं। प्रेम में पड़ने के बाद वो हर रोमांटिक गाने में अपनी प्रेमिका को उसके साथ पाते हैं। बस मुस्कुराते हैं।

हर शाम अपनी छत पर टहलने सिर्फ इसलिए जाते हैं वो चाँद उनका हो या आसमां का" किसी एक का दीदार करके ही आते हैं।

लड़के प्रेम में पड़ने के बाद कहीं खो से जाते हैं।

Dolly Baghel

Herself Dolly Baghel from Chhattisgarh
She is a student and she loves writing poems

मेरी माँ

एक परी सिरहाने मेरे, हर रोज़ आया करती थी
चूम मेरे माथे को, सपने मीठे दे जाया करती थी

पूछा जो मैंने माँ से, कौन थी वो
हल्की सी मुस्कान लिए, खड़ी मौन थी वो

माँ ने हर दफ़ा, उसे जानने से इंकार किया
उस परी की आड़ में, बेहद मुझसे प्यार किया

बात कुछ दिन, यूं ही चलती रही
वो परी हर रात, मुझसे मिलती रही

बड़ी हुई तो अपना जाना उसे, वो कहा गैरों में थी
देखा जब मैंने मेरी माँ की पायल उसके पैरों में थी

आज उतनी नादां नहीं, पर प्यार उतना ही है
माँ से शुरू माँ पर ख़त्म, मेरा संसार बस इतना ही है...
।

Ayushi Chhatri

Writer

Fight Against Rape Culture

ये हवाओं में केसा ज़हर फेला है
हर जगह फिर वही आतंक का मेला है
कुदरत के खूसूरत नग्मो के साथ
दरिंदो ने फिर वही घिनोना खेल खेला है
कैसी चल पड़ी है ये लेहर
नहीं बरसता दरिंदो पर खुदा का खेर
में खुलकर नहीं हस सकती
अब डर सा छा गया हर पहर
हर दिन कई निगाहें, मुझे मारती है
कई बद जुबां टिप्पणियां, मन को भीतर तक काटती है
झूठा चोला पहने नारीवादी होने का
ऐसी शख्सियतें भी मेरे सम्मान को सादो में बैटती है
अब तो एक तरफा कर दो न्याय? ए खुदा!
अब तुम मैं कर दी गई, जीवन से जुदा
और मुझे हैवान लड़का बनाना अगले जन्म में.. मैं भी तो जानू
क्या सुकून है किसी की हंसती जुबां को काट डालने में?
किसी के परिवार को जीते जी मार डालने में?
किसी के फूल से जिस्म को नोज डालने में?
एक को मिटाकर, किसी अगली पीड़िता को खोज डालने में?
हां, ए खुदा मुझे लड़का बनाना पर जहन में यह बात रखना...
चाहे रोना डालूं मैं हर लड़की को, पर तू महफूज दरिंदों से मेरी बहन को रखना....

Srishti Rani Panda

This is Srishti Rani Panda a small-town girl from Rayagada Odisha who aspires to become a news anchor...For her writing is the best way of expressing one's feeling. She wills to bring a sweet smile on her mother's face.

My Cordial Room

Like others, my room also had windows and a wall,
A study table, a bed and my frame which was tall,
But I do not know why I found it special?
Messy was it, but I found it cordial...
Almost my every stuff was done there,
Whether I'm happy or gloomy, I always resided there
I always memorized my lessons there,
I always gulped my lunch and supper there,
OH, I want to write my feelings out, 'Yes my room is here...
Never did anyone understood what was special there...
It talked to me whenever I felt lonely,
The pillows know my whole story....
My dreams were amazing when I slept there,
Oh, my dear siblings, sorry, my room, I can't share,
Attachments are with a person, they say,
But my attachment always got confined with my cordial
Room....

Kunal Gautam

He is Kunal Gautam. He is 16 years old and is a college student. He is from Agra, UP. He has penned down two liners, four liners and shayari. He is good at poems too. His most of the writing forms is 4 liners. He is into writing since last year. He loves to pen down his thoughts and emotions. With his good observational and interpretation skills he is improving good writing skills and making good progression.

मोहब्बत

सारी दवायें बेअसर कोई दुआ भी काम ना आई।
जिस ख़ुशी के इंतज़ार में थे वो शाम ना आई।।
मौत माँगी थी खुदा से, उसने भी की बेवफाई ।
जान ले लेती है ये मोहोब्बत, ऐसी दवा किसने बनाई।।

दुआ

राहगीर था जो हमारा आज खुद रास्ता भटक गया,
मंज़िल पर जा नही सकता वो बीच में अटक गया,
कोशिशें नाकाम रही सारी, फासले गिर नहीं पाये
दुआ अब भी यही करते है कि खुदा सितम उन पर और ना ढाए ।

Ananta Sneha Gupta

Ananta Sneha Gupta is an educator by profession. She has contributed in education industry from last 7 years. She is fond of writing and public speaking. Currently providing her services as a freelancer educator.

शीर्षक:झूठी मुस्कान

मेरे चेहरे पर पहना है मैंने नकाब सा,
मै मिलता हूँ सबसे अब उनके हिसाब सा।
मेरा परिचय होता बस इस दिखावटी मुस्कान सा,
मैं अंदर ही अंदर खंडहर हो चुका हूँ जराग्रस्त मकान सा।
भू पूजन कर चुका हूँ अपने ही अंदर की धरती को विलासता के श्मशान सा।
कैद हो चुका हूँ मै अप्रत्याशित कारावास में बंद युद्धबन्दी निर्दोष सा,
ओढ़ा जो मुस्कान का कफ़न है घुट रहा हूँ छटपटाता शैतान सा,
रुदन करना चाहता हूँ मैं गरजते आसमान सा।
थक चुका हूँ मै झूठी स्मित के बोझ से,
आडम्बर के देह को नष्ट करने की चेष्टा है चिता में जलकर होना चाहता हूँ राख सा।
अब ना निरंतर नाट्य कर पाउँगा इस कलयुग के रंगमंच पर कलाकार सा।
झूठी मुस्कान से सृजन हो रहा मेरे अंदर शैतान सा,
मैं इंसानी परिवेश छोड़ बनता जा रहा हूँ हैवान सा।

Riddhi Gupta

रिद्धि गुप्ता दिल्ली की रहने वाली हैं। वह एक छात्रा हैं जिन्हें कविताएँ लिखना अत्यंत पसंद है। वह अपनी क़लम को अपना सच्चा मित्र मानकर अपना ज़्यादा से ज़्यादा समय कविताएँ लिखने में व्यथित करती है। साथ ही उन्हें हमारे अद्भुत एवं सुंदर प्रकृति की तस्वीरें लेना अत्यधिक प्रीय है।

(1)

है वीरता का तीर चला

हर डगर पे कई अड़चनें आयीं,
कभी तो यूँ गिरी, की फिर न उठ पायी,
हर घाव पर एक हँसी से मरहम लगायी,
अब समय आया है, है सफलता की घड़ी आयी।

गुलाब जैसी कोमल, शोभायमान मैं,
किंतु ज्वाला जैसी निर्भीक हूँ,
हर दरिंदे का करूँगी तलवार से सामना,
इन रौशन सितारों को छू आऊँ, यही है मेरी कामना।

एक आख़री बार चोटें लगेंगी,
एक आख़री बार का है संघर्ष बचा,
इस पैशाचिक, भयानक दुनिया में,
अब है वीरता का तीर चला!

मेरा भारत, Mera India

Resembling god's canvas
Where he's painted his greatest creation,
A country with such diverse cultures and languages,
It's an enigma of castes and religions.

निडर होकर लड़े थे सब,
जब बात आयी स्वतंत्रता के संग्राम की,
यहाँ कृष्ण की महिमा है, गीता की गरिमा है,
गाथाएँ यहाँ हर मनुष्य के कल्याण की।

In this sacred land of Ramayan and Mahabharat,
The greatest leaders and scientists took birth,
Even the soil here is so pure and divine,
It is indeed a paradise on Earth.

हिमालय से सुसज्जित मस्तिष्क है जिसका,
पावन गंगा जिसका अभिमान है,
भक्ति की अविरल धारा है जन-जन में प्रवाहित,
यह भूमि है जननी हमारी, हम इसकी संतान है।

To the world it might be just a country, developing and small,
But to me it's my world, my duty, my India, standing high and tall,
I am ready to sacrifice my life for this country any day,
I cherish this beautiful country, every single day!

Daksh

My self-daksh jadaun.
I'm from Agra, I completed my 12 now I'm doing bsc. My hobby is to playing cricket, painting, acting, singing, cooking, adventure, and writing also, I like to write which reflects someone with a message.

(राख)

मेरे जीवन में चंद लोग ही थे जिन्हें मेरी फ़िक्र थी,
सुनो,जब मेरा शरीर अपनी अंतिम सांस ले,जब मेरी आंख की रोशनी इस संसार की क्रूरता न देखना चाहे,जब मेरी धड़कन थक जाए,
तब मुझे उठाने कोई मत आना,मुझे डर लगता है भीड़ में कहीं कोई मेरी निंदा न करे,मुझे इस धरती पे लिटा देना मुझे सुकून मिलेगा,
कोई उठाना मत मुझे उचाई से भय है,जब मै राख बनूंगा तब इस धरती को चूम सकूंगा.

(मरहम)

हर बार कोई आस लगाए बैठे कि कोई मदद को आयेगा,
पर फिर से वो पता पूछने लगा,
इस बार कोई अमीर व्यक्ति है वो शायद मदद दे,
पर फिर से वो भीख देने लगा,
इस बार कोई अधिकारी आया अब मदद मिल ही जाएगी,
पर वो हमे हटाने लगे गाड़ी पार्किंग के लिए,
आखिर में एक हमदर्द आया पर मदद लेके नहीं,
आपबीती सुनाने,
पर कोई हम गरीब की मदद को न आया हम सड़क पे रहते ही रहे।

Abhijit Adarsh

Abhijit adarsh is a student of masters of economics at Banaras Hindu university.

(1)

जिंदगी भर जिंदगी की सफ़र में रहा
न ख़ुद की न किसी और के घर में रहा।

फेर कर निग़ाहें उनसे जो अपने थे मेरे
जिंदगी भर अजनबियों के शहर में रहा।

शौखियाँ और मस्तियाँ ही पालते रहा
ढूंढते इन्हीं को इनकी ही डगर में रहा।

कई शामें और सुबह सो कर गुजार दी
जगता चलता उम्र भर दुपहर में रहा।

(2)

अनकही अनसुनी दास्तां जिंदगी
मंजिलों के सफ़र का रास्ता जिंदगी।

ख़्वाब छुपते कई और लूटते यहाँ
ख्वाहिशों का ही है फ़लसफ़ा जिंदगी।

शाम ढलती रही इश्क़ बढ़ता रहा
चाहो तो सनम नहीं तो बेवफा जिंदगी।

रेत की मस्तियों में गज़ब की कशिश
वक्त से बेवक्ति का फासला जिंदगी।

ठोकरों से भरी पड़ी है राहें मगर
साथ देती रहेगी हर दफ़ा जिंदगी।

Vikram Raghuwanshi

Vikram raghuwanshi dist betul tehsil multai village chhindi (writer)

ख़ूबसूरत सफ़र

कितना ख़ूबसूरत वो सफ़र रहेगा
ज़िंदगी में जो तू हमसफर रहेगा

एक तेरे होने से है ये सांसे है
और तेरे लिए ही धड़कनों का सफर रहेगा

एक तुम्हारे होने से यह जीवन सांसों में मगन रहेगा
तुम्हारे लिए हर गम में भी खुशी का जतन रहेगा

तेरे होने से यह वादी यह बहार है
हर गुल पे तुम्हारा निखार है

तुम हो तो लगता है जीवन
बसंत की पहली फुहार है

एक तुम्हारे होने से हममें बात है
तुम्हारे होने से ये सारे जज़्बात है

ताउम्र हमपर तुम्हारी यादों का असर रहेगा
ज़िन्दगी में जो तू हमसफ़र रहेगा
कितना वो खूबसूरत सफर रहेगा

किस्मत

जिस किस्मत को इतना महत्पूर्ण कहा जाता है
मुझे तो नहीं लगता की उसका अपना कोई अस्तित्व भी है

किस्मत ने हमेशा दूसरे का अस्तित्व छीनकर अपना अस्तित्व बनाने
की कोशिश की है

अगर कोई मेहनत से सफ़ल हो गया तो लोग कहते है
तेरी किस्मत अच्छी थी

और कोई किसी चीज में असफ़ल हो गया तो
लोग कहते हैं कि छोड़ तेरी किस्मत में था ही नहीं

इसलिए मै किस्मत को नहीं मानता क्युकी
उसका अपना कोई अस्तित्व नहीं है

Aan Anussan

Aan Anusaan is a poet and a writer who is intrigued by the spiritual, human relations and behavior. Aan is inspired by nature (both the ecosystem and human nature) and likes to reflect on human life and people's interactions in varied situations. Aan started writing as a child and over the years has studied poetry and creative writing professionally as well as pursuing it personally. Aan has been a part of numerous anthologies and working on her solo book currently.

Labzo Ke Ye Haseen Galiyon

Baatoin hi baatoin mein
Yaddoin hi yaadoin mein
Labzo ke ye haseen galiyon mein
Phasna aaj ke panno mein chahp gaya
Saathi ye mere bin bulaaye mehemaan
Jaane ka jiske pata nahein...
Maza hai iske palak mein
Saza hai kam samay ke zaroorat mein
Karna jo hai shayad ho na paaye
Is baat ka tension kal ka hakikat bane ga.
Haaye ye khyale
Maar daalne mein fida hai
Labzo ke ye haseen galiyon
Naag gale phool jaise chaa gaya.

Kehna Tha Tumse

Kehna tha tumse
Kehdiya hai mein ne
Pyar hai tumse.

Kehna tha tumse
Dil ne tumhe chun liya hai
Maan liya hai woh tum ko
Meri pyar ki kabil.

Kehna he tumse
Hawaye ye ruksat
Zulfo se jo khel rahe hai
Yaddein tere dil ko bhaa rahe hai.

Kehna hai tumse
Baatein hai jo aate
Saaso ko tapaate
Tu hai diye kuch ajeeb se chatke
Maare hai yu hi, victory wale sixer
Kehna hai tumse

Tanvi Prajapati

Tanvi Prajapati is a student who loves to write, inspired by her father.

शीर्षक : चिता पर चिंतन

मृत्यु की शैय्या पे आज मैं लेटा,
किसी का साथी,किसी का बेटा ।

चारों और लकड़ियों का हैं तांता,
क्यों छुट रहा है हर एक रिश्ता-नाता ।

कुछ पल तो ऐ मौत तू मुझको बख्श दे,
कुछ लम्हें तो जीने को उधार दे दे ।

अपनों से थोड़ा और बतलालूँ,
कुछ गिले-शिकवे तो मिटालूँ ।

क्यू जुबा पे है ये कड़ा पहरा,
क्यू अँखियों के आगे हैं अंधेरा ।

आग की लपटों से अब मैं घिरा हुँ
अनकहे शब्दों के साथ ही मरा हुँ ।

शेष मेरा अब कुछ नहीं इस जहां में,
यादें छोड़ जा रहा हूं बस यहाँ में ।

मृत्यु की शैय्या पे आज मैं लेटा,
किसी का साथी,किसी का बेटा....

Aditya Pati Tiwari

Hi,
Aditya is professionally working in an IT firm in a Bangalore. Writing is passion for him as he believes in "You're speaking while writing".
Aditya also reads a lot of books because he wanted to become a good listener.

"घर की नींद"

हर दिन जाग के रात में बिस्तर को आते है...
सोच के की कल उठना है फिरसे हम बिस्तर पे सो जाते है...
हाँ लड़के है हम तो हमे फ़िक्र कहाँ किसी की...
पर चाहते हम भी है एक नींद सुकूं की...
हर बार सुनकर सबकी, गुस्से का घूंट पी जाते है...
हँस के हम सबको दिल का झूठा हाल सुनाते है...
माँ की चिंता, पिता का गुस्सा...
बेहन की नाराज़गी, वो रिश्तेदारों की बातें...
सब कुछ सुनकर अपनी ना कभी बताते है...
पर सुकूं की नींद हम भी चाहते है...
फोन करके दोस्तों को कभी कभी भड़ास अपनी सारी निकालते है...
जरूरी नहीं सब सच हो, झूठ भी ख़ूब बताते है...
हँस हँस के दिल का सारा हाल सुनाते है...
पर ज़िम्मेदारियों के तले, अरमान अपने सभी दबाते है...
बुरा लगता है हमे भी जब कोई हाल नहीं पूछता...
हर बार करके फोन जब कोई सुनता नहीं हमारी...
पर इन सबके बाद भी हर कुछ भूल जाते है...
हाँ हम बस एक सुकूं की नींद चाहते है...
हक़ नहीं किसी को उस नींद को छीनने का...
नहीं करता मन हर बार अपनी कमी सुनने का...
इंसान ही तो है, थोड़ी आशा हम भी रखते हैं...
परेशानी नहीं बस किसी की अपने लिए थोड़ी फ़िक्र चाहते है
" आके घर अपने हम, एक नींद सकूँ की चाहते है ..."

भीमसेन जलन्धरा

भीमसेन जलन्धरा
मैं बीकानेर जिले की खाजूवाला तहसील के छोटे से गांव 25 KYD मैं रहता हूं।
मैं अब श्रीगंगानगर जिले से अपनी B.Sc. BEd. की पढ़ाई पूरी कर रहा हूं।
लेखन मेरा शौक है मैं भिन्न-भिन्न विषयों पर लिखता रहता हूं।
मुझे और ज्यादा समझने के लिए
Instagram I'd:-
http://www.instagram.com/bheemsen_jalandhara/ पर जाएं।

बे-बहर ग़ज़ल

मेरे इश्क की किताब के हर पन्ने बिखर चुके थे
वह उन्हें समेटने के बहाने राख करने आए थे।

जब मैं टूट कर बिखर चुका था तब
वह अपना हक मुझ पर जताने आए थे ।

मकां में तो सिर्फ किराएदार ही बदलते हैं
वह तो अपना घर ही बदलने आए थे।

हमें तो पता ही था कौन कितना पानी में है
फिर भी वो मुझे हाल ए दिल सुनाने आए थे।

मेरे जज्बातों को राख कर वह मुझे
वफा की दास्तां सुनाने आए थे।

अरे क्या बताऊं यारो मुझे जलील करने के लिए
मेरे अपने ही खंजर लेकर सबसे आगे आए थे।

जब मेरे जनाजे को ले जाने की बारी आई तो
मेरी तारीफों के मंजर में मुझे दरिया दिल बताने आए थे।

इश्क़ की दास्तां

अब तो इश्क करने से भी डर लगता है
इश्क की दीवार पर शक के बेताह पहरे हैं ।

इस चेहरे की बात क्या करते हो जनाब
इस मासुम से चेहरे के पीछे भी कई चेहरे हैं ।

हम नहीं चाहते थे उनके शहर में ठहरना
फिर भी आज हम उनके शहर में ठहरे हैं।

तुम सोच रहे हो कि भरे होंगे घाव हमारे
तुम्हें क्या पता हमारे घाव बहुत गहरे हैं ।

कुछ तो निकल गए होंगे करके शादीयां,
उन्हें क्या पता हमारे सर पे अभी भी शहरे हैं ।

जरा सोचो.क्या हालत हुई होगी उस किनारे की
जिसके ज़ेहन में आज भी वें लहरें हैं।

Maher Painter

Maher is a person who thinks poetry is sacred and tries to treat it the same way.

(1)

जवानी के भरे बाज़ार में बचपन ढूंढ़ता हूं मैं
किसी सहमे हुए से दिल में धड़कन ढूंढ़ता हूं मै

बुलंद आवाज़ करना भी बड़ी मुश्किल कवायत है
भला मुर्दा जिसम में क्यों ये हरकत ढूंढ़ता हूं मैं?

किसीको तेल की है भूख, कोई चाहता दौलत
लड़े सच्चाई को वो एक लश्कर ढूंढ़ता हूं मैं!

रुलाया जिसने मुझको उम्रभर आ कर खयालों में
शहरभर में उसी को आज हस कर ढूंढ़ता हूं मैं!

कटारी है चलाते नैन तेरे बेरहम बन के
बचा ले इन से मुझको जो वो बख्तर ढूंढ़ता हूं मैं

नहीं फैलाने मुझको पांव जितनी पास हो चद्दर
खुले इस आसमां सी हो वो चद्दर ढूंढ़ता हूं मै!

मुझे तो मौत से भी क्या सुकूं मिल जाएगा बोलो,
मिले फुरसत मुझे दुनिया से, बिस्तर ढूंढ़ता हूं मैं!

(2)

सितारों के हमारे दर्मिया सब जोग अच्छे है
वगरना कौन हैं वो शख़्स जिसके दोस्त अच्छे है

हमारे और तुम्हारे शहर की क्या ही करे तुलना
तुम्हारे मौलवी से तो हमारे चोर अच्छे है!

बिता कर एक दिन घर में पता ये अब चला हमको
कि रहने वाले अपने घर के सारे लोग अच्छे है

दिशाएं खो चुकी अच्छाइयों की दो तरफ ऐसे
नहीं मालूम हमको आदमी किस ओर अच्छे है

हमें दिखता नहीं है डर किसीके भी दिखाने से
बगावत के दीवाने हम सभी बेख़ौफ़ अच्छे है

सड़क सीधी नहीं आती हमें अब रास जाने क्यों
हमारी ज़िंदगी के रास्ते में मोड़ अच्छे है

Sachin Aran

Apart from Writing, Iam an Aviator, Animal Rescuer, Altruist, Naturalist, Cynophilist who walks down the lane learning and watching things keenly, human at heart followed by actions to prove.
instagram @aran_sachin

"Bonded Strangers"

" Relationships are getting so complicated and fragile nowadays.
You live with one yet look for life in other."

"His Consent"

" Every person who you come across in life, teaches you something.
He has a reason to stay and a role to play.
Everything is planned, everything is destined."

Jaya Kumari

Jaya Kumari is a young girl born in Bihar and raised in Chhattisgarh. She's currently pursuing B.tech from Kalinga Institute Of technology. She began writing when she found herself all alone in a busy world. When she's not writing, she can be found wandering through nature, Capturing nature in her camera or journaling at a coffee shop.

प्यार मत करना

हर किसी पे ऐतबार मत करना
ऐ साकी मेरा इंतज़ार मत करना |
राह में तेरे बहुत से लोग आएंगे,
सबों के सामने तुम ज़िक्र-ए-यार मत करना |
वो तेरे साथ रहेंगे, बात समझेंगे,
पर तुम अपनी कमज़ोरीयों का इस्तेहार मत करना|
बात करना,याद रखना,भूल जाना,
पर खुद को किसी की आदत का शिकार मत करना|
एक वक्त आएगा, जब वो ख़ुद में ही मशरूफ होंगे
तुम उनके जाने का ग़म मेरे यार मत करना
ख़ुद ही में जीना, ख़ुद में मर जाना,
पर किसी की बातों से तुम उससे प्यार मत करना|

कमी है अभी

उल्फतों मे भी ज़िंदगी है अभी,
ज़िंदगी में भी कुछ कमी है अभी,
इब्तिदा बार-बार करती हूँ,
इंतेहां में है कुछ कमी सी अभी|

Sangeeta Singh

This is Sangeeta Singh. I love to write different topics but mostly I write about love and separation. I believe that writing is the best way to keep u calm.

(1)

जिंदगी जीने के नहीं साथ बिताने के सपने देखे थे ये बात तुम्हें याद दिलाऊँ
जरूरी है क्या?
हर खुशी तुमसे बाँट लेती हूँ अपनी हर उदासी की वज़ह भी तुम्हें बताऊँ
जरूरी है क्या?
इश्क़ तुमसे मैंने बेहिसाब किया, तुम्हारी तरह मैं भी इसकी कीमत लगाऊँ
जरूरी है क्या?
हर बार तुम्हारी कमी इस रिश्ते में खलती है तुमसे दूर होकर मैं भी तुम्हें जताऊँ
जरूरी है क्या?
जो बातें तुमसे कह ना सकीं अब तक वो ठहरी हुई बातें अब तुम्हें गिनाऊँ
जरूरी है क्या?

(2)

बस चंद दिनों में तुम मुझसे अलग हो जाओगे,
उम्मीद है मेरी बेरुखी की वज़ह समझ पाओगे ।

अब साथ नहीं रहूंगी फिर किसे इतना सताओगे,
दिन भर की सारी बातें तुम अब किसे बताओगे ।

इतनी आदत जो बना ली है उसे कैसे भुलाओगे,
अपने सोने से पहले अब मुझको कैसे सुलाओगे ।

मेरी झूठी तारीफें करके तुम अब किसे हंसाओगे,
मुझसे प्यार नहीं है कहकर किसे गले लगाओगे ।

Gaurav Sharma

Theatre Artist/Writer/Director/Actor

"धरो धरा का मान!"

जमीं अंबर से कहती है, अरमां मेरे हजारों हैं।
तुझे पाने की चाहत में अरसे मैंने गुजारे हैं।
तेरे एहसान है मुझ पर जिन्हें मैं भूल नहीं सकती
तेरी रहमत की बारिश ने मेरे दिल में फूल संवारे हैं।।

ये वक़्त था भूत काल का,
जिसमें पड़ा न अकाल था।
मानव की झोली में थी ख़ुशी,
मानव भी तेरे सहारे था।
फिर वक्त ने पलटी मारी थी,
मानव की बुद्धि उतारी थी।
आ गया जहन में एक सवाल,
क्यों नहीं हो सकता बदलाव।
तब प्रयोग हुए मुझ पर ऐसे,
मानो मानव हो दानव जैसे।
अनंत काल की प्रथा को तोड़ा,
संकट में मुझ मां को छोड़ा।

फिर उदय हुआ एक रोज गगन में,
मेघ अकाल बन बरसे जीवन में।
कहा मेघ ने क्या बदलेगा सृष्टि,
अब तू संभाल मेरी ये कुदृष्टि।
चंद पलों में अहंकार को तोड़ा, ।
मानव को मुंह के बल ही छोड़ा।

जब मानव भू पर गिरा मिला,
तब भी भू मां को न कोई गिला।
बोली आ बेटा लग जा गले,

तू कितनी भी कर गलतियां भले।
मैं मां गलती तुझे बताऊंगी,
मैं अपना फ़र्ज़ निभाऊंगी।
बस कर्म तू अपना जान ले,
और फ़र्ज़ को तू पहचान ले।
यदि फिर से करेगा ग़लत कर्म,
प्रकृति पर होगा फिर से जुर्म।
अंधकार का यमराज आएगा,
वो रूह को जहन्नुम ले जायेगा।
मत करना तू ये घोर अनर्थ,
मिलकर रहना है सही अर्थ।
यदि नहीं किया तूने ऐसा,
तो हर जनम में तू पछताएगा।
हां हर जनम में तू पछताएगा।।

Kaushlendra Singh

His name is Kaushlendra Singh. He is a B.tech graduated. He is writing poetries and stories from 11th class. He attended many poetry events like Jashn-e-rekhta. He is passionate about shayari, najms, story writing etc.

हाँ, तुम मुझे अच्छी लगने लगी

वो अलग ही वक़्त अलग ही समां था,
हर कोई मौज मस्ती में रमा था,
कुछ पहचाने कुछ अनजान चेहरे थे सामने,
लेकिन दिल तो एक ही अजनबी पर टिका था,
देख दो दिल मुस्कुराये, नजर से नजर मिलाये,
क्या बयां करूँ इस दिल के हाल,
अब ये तो खुद खुदा ही बतलाये,
एक तरफ घोर अँधेरी रात हो चली,
दूजी तरफ नजरों नजरों में कुछ बात हो चली,
अब वो महफिल रंगीन, रात हसीन लगने लगी,
जब वो अजनबी इस दिल में उतरने लगी,
कोई तो रोको इस वक़्त को,जिस पल उसे कह सकूँ,
हाँ तुम मुझे अच्छी लगने लगी,हाँ तुम मुझे अच्छी लगने लगी।

एक प्रेम कहानी

उसको जब अपने करीब पाया तो,
जिंदगी मानो थमने सी लगी थी,
उसके आगोश में मैं खुद को खोना चाहता था,
उसका मखमली बदन मुझसे चिपकता ही जा रहा था,
सर्द फिजाएँ अब गर्म हो चली थी,
रात जितनी घनी होती जा रही थी,
हम दोनों के बीच की दूरियां उतनी कम होती जा रही थी,
मैं उसको अपनी बाहों में कसता ही जा रहा था,
न जाने उसने मुझ पे कौन सा जादू किया था कि,
उसके दूर होने पर खुद को ठिठुरता पाता,
उसके साथ वक़्त का पता ही नहीं लगता,
हम दोनों अब एक दूजे की जरूरत सी बन गए थे,
इस तरह शुरुआत हुई एक प्रेम कहानी की,
मेरी और 'मेरी रजाई' की प्रेम भरी कहानी।

Shweta Pushp

मै श्वेता पुष्प, पटना, बिहार की निवासी हूं। मैने प्राणी विज्ञान से स्नातक की पढ़ाई पूरी की। मै भविष्य में एक सफल इंसान बनना चाहती हूं। लेखन मेरा शौक नहीं, प्रेम है। मै अपने विचार के प्रकाश को अपनी लेखनी के माध्यम से प्रकाशित करने की कोशिश की है।

एक अजीब सा सन्नाटा

कुछ दिनों से अजीब सा सन्नाटा
मेरे भीतर चीखता रहता है।

कुछ अनसुलझी सी ख्वाहिशें
किसी अनजाने से डर की गोद में
गोद में पल रही होती हैं
जो भूख से बौखला कर
नोंच खाती है मुझे।

वो हर वक्त दरवाजा खटखटाती रहती हैं
मेरे मन के तहखानों का।

उसकी इच्छा है कि
दरवाज़ा टूट जाए और
चाहत आजाद होकर उड़ने लगे
अपने पंखों को फैलाकर
खुले आसमान के नींचे।

मगर दरवाजा खुल भी जाए तो
डर चाहत के पांव खींचकर
उसे फिर से वही पटक देती है
किसी कोने में,
और वो फिर से हो जाती है
किसी मृत के समान।

ये कौन सी चाहत है
ये कैसा डर है ,
क्या है जो अब भी

खाली पड़ा है?

मुझे नहीं पता,

मगर कुछ तो है
जो अंदर सब कुछ तबाह कर रहा है
और मेरी चाहत किसी बेवा
की तरह बस सफेद होती जा रही है।

आज बेहद जरूरत थी मुझे तुम्हारी

आज बेहद ज़रूरी थी मुझे तुम्हारी,
आज फिर मायूसी ने मुझे घेर रखा था।
ऐसा लग रहा था,
मानो ज़िन्दगी ने मुझे सदियों
से कही और ही उलझा रखा था

अजीब सी कशमकश थी दिल में
और सन्नाटा कही भीतर बैठा था।

थकान सी होने लगी थी जिंदगी से अब,
जैसे जिंदगी ने हर वक़्त मुझे
ख्वाबो के पीछे भगा रखा था।

आज बेहद ज़रूरी थी मुझे तुम्हारी
और तुमने भी हाथ छुड़ा रखा था।

न देते तुम साथ उम्र भर का,
कम से कम पल दो पल का साथ ही दे देते,
फक्त हर ख़्वाब मैंने तुमसे ही सजा रखा था।

सुनो,
मैंने दिल्लगी भी तुमसे की थी,
और इश्क भी तुमसे ही किया।
इसी अस्बाब (कारण) से मैंने
हर उम्मीद-ए-वफ़ा भी तुमसे किया।

Hans Vikass

नाम हंस विकास
गुरदासपुर पंजाब का रहने वाला
पंजाबी सहित की ग्रैजुएशन की हैं
अब वकालत कर रहे हैं
इनका पसंदीदा शायर जौन एलिया साहब हैं

धीरे-धीरे मरना

बहुत मुश्किल हैं
धीरे धीरे मरना

ज़जबातो की नीलामी
ख्वाबो का मर जाना
जीने की चिंता, मौत का खौफ
जीवित रहकर सब जरना

अधूरापन का अहसास
अकेलेपन की गहराई
इच्छा का मिट जाना
बहुत मुश्किलह हैं
धीरे धीरे मरना

अधूरापन का अहसास
अकेलेपन की गहराई
इच्छा का मिट जाना
बहुत मुश्किल हैं
धीरे धीरे मरना

मैं तुझे जरूर मिलुगां

तुझे गले लगाकर, अपने दिल की
धड़कन जरूर सुनाउगा
तुझे निहार कर, आंखों की प्यास
जरूर बुझाउँगा

मै तुझे जरूर मिलुगां

ख्वाब को हकीकत में
बदलते जरूर देखूगां
तेरे होंठों को मेरे नाम
कि पुकार जरूर दूँगा

मैं तुझे जरूर मिलुगां

हर वक़्त तेरी खुशी मांगता हूं
पर एक दिन तेरी आंखों को
आंसू की सौगात जरूर दूँगा
इस जहान मे नहीं तो अगले
जहान में तुझ को जरूर मिलुगां

मैं तुझे जरूर मिलुगां

प्रबुद्ध ओझा

प्रबुद्ध ओझा जिनकी उम्र 22 साल है।
माइनिंग के छात्र हैं पर लिखना
उनको बेहद पसंद है।
हिंदी में विशेष रुचि रखते हैं।
धनबाद, झारखंड में उनका घर है।

(1)

यूँ ही नज़रों से तीर नही चलते,
मुहब्बत कि आग़ोश में ज़ंजीर नही चलते!

ज़रा अपनी ज़मीर बचाए रखो
यहाँ सिर्फ़ तस्वीर नही चलते

ये गरीबों का मकाँ है,
वो अमीरों का शहर,

वहाँ रास्तों पर हमारे जैसे फ़क़ीर नही चलते

गर देना हो कुछ तो नजदीकियां दो उसे,
मुहब्बत में हमेसा कोहिनूर नही चलते

(2)

उसकी मुहब्बत में क्या बुरा क्या भला है,
कोई फूल खिला नही बस गिला ही मिला है

गौर से देखूँ तो खला ही खला है,
रातें मनचली से हैं चाँदनी बला है

जाने ये इश्क़ का कैसा मसला है,
जो हाथ कल क़मर पर था,
आज पकड़ता गला है!

Amit Rawat

एक कवि हूँ दिलों के जुबान पहचान लेता हूँ।
कायनात की हलचलों को पन्नों पे उतार लेता हूँ।
नाम अमित रावत, टिहरी गढ़वाल, उत्तराखण्ड का रहने वाला हूँ।
हिन्दी से M. A. किया है और बेहतर लिखने के लिए प्रयासरत हूँ।

(1)

भीतर मेरे उथल - पुथल, उत्तकों की तीव्रता ।
शिराओं में बहता आक्रोश, गर्म रक्त की व्याकुलता।।

मानस पटल में टहलते, कभी भागते कभी दौड़ते।
कभी छीना छपटी करते, कभी समझौते उमड़ पड़ते।।

मन का अतीत भविष्य, अनुभव - संघर्ष की कल्पना।
सुख - दुख की खुशबू, तस्वीरों का बहता झरना।।

असीमित हाथ फैलाये, कुछ यूँ चल पड़ा दौर उसका।
हर पल लक्ष्य को भेदते, चारों तरफ शोर जिसका।।

जिज्ञासू है जीवन का सारांश, हर्षित है कहानी मेरी।
जिसे कभी खत्म न होना, बनी रही आखिरी सांस तक मेरी।।

(2)

उजालों की पर्त में उजाले चढे मिले हैं,
इंसानों की चाहतों पर मुर्दे गढे मिले हैं।

समंदर में पर्वतों के जख्म घुले मिले हैं,
पत्तियां सूर्य की रोशनी से धुले मिले हैं।

अश्क मौत के साहिलों पर अड़े मिले हैं,
देखो आत्मा को कब्रों पर खड़े मिले हैं।

Hanshiv Sharma

भारतीय सेना में कार्यरत हूँ, सीतापुर उत्तर प्रदेश का निवासी हूँ ।

(1)

मैं तो जलने को तैयार हूँ कोई जलाए मुझको।
मेरे सामने ही मेरी चिता मे सुलाये मुझको।

रिश्तेदारों को खुश करने मे ये उमर बीती।
कैसे नाराज होंगे यह कोई बताए मुझको।

थक गया हूं दुनिया का दस्तूर निभाते निभाते।
इनकी आगोश से अब कोई छुड़ाए मुझको।

वजूदो-अदम की फिकर अब करे कौन यहाँ पर।
इसका खौफ अब न कोई दिखाए मुझको।

अब इस किराये के मकां में दम घुटता है मेरा।
मेरे अपने घर का रस्ता तो कोई बताए मुझको

अंतिम पायदान

तुम्हारी ज़िंदगी में
मैंने अंतिम होना चुना था
क्योंकि यही तो वह स्थान है
जिसके लिए न कोई संघर्ष है
न ही कोई दौड़

न ही इस स्थान के लिए
तुम्हारे ऊपर कोई बोझ

वास्तव में कोई भी दौड़ हो
चाहे ज़िन्दगी की या अंकों की
कोई भी अंतिम होना ही नहीं चाहता
सभी भिड़े हुए हैं अव्वल आने में

पर मैं सदैव चुनूँगा
तुम्हारे साथ, तुम्हारे लिए
अपना अंतिम पायदान।

शुभेंदु चौधरी

शुभेंदु चौधरी आईआईटी धनबाद से ग्रेजुएट है।
कविताएं लिखने का शौक कोटा में कोचिंग के दौरान हुआ। पहले उदासी में लिखे, फिर प्रेम में और बाद में दिल टूटने पर। और इनका दिल ऐसा टूटा कि सीधा कविताओं से जुड़ गया।खुद को कवि कहलाना पसंद नहीं। लेखक कहते है खुद को। कभी कभी लघु कथा भी लिख लेते है।जब लिख नहीं होते तो फिलोसोफी विषय का अध्ययन करते है! इनकी सारी कविताएं और लेख इनके ब्लॉग पे उपलब्ध है।

यादें:

याद है
भीड़ में मुझे निहारती तुम्हारी आँखें
नज़र चुराता हुआ मैं
याद है
गुलाबी चाशनी में भीगे हुए तुम्हारे होंठ
मचलता हुआ मैं
याद है
तुम्हारी उलझी हुई जुल्फ़े
उलझा हुआ सा मैं
याद है
तुम्हारे कोमल बदन का मर्म एहसास
पिघला हुआ मैं
याद है
दो रोज़ का वो खूबसूरत सफर
फिर तन्हा हुआ मैं
याद है
हाँ, मुझे सब याद है
~ क्या तुम्हे याद है?

ऐतबार:

मै भी उदास
वो भी उदास
देख रखे थे
उदासी से एक दूसरे को
कल की आंधियों से
उजड़ गया था घोंसला उसका
और बिखर गए थे ख्वाब मेरे
जैसे पेड़ से झड़ गए हो पत्ते
फिर न जाने क्या हुआ
मैंने ज़मीन पे पड़े हुए पत्तो को
बड़े जतन से उठाकर उसका घोंसला बनाया
उसने भी अपने पंख उधार दिए
ताकि ख्वाबों की उड़ान फिर से भर सकूं
हमने आंधियों की उदासी
आंधियों को वापस लौटा दी।

Shantanu Verma (Shyne)

I am Shantanu Verma aka Shyne and I love to write poems.

(1)

जब जज़्बात हालात इरशाद हो साथ तब लफ्ज़ गहरे निकलते है।

देखो मलाल बेमिसाल के कमाल कैसे बादल आसुओं के पिघलते है।

अंदर ही अंदर उमड़े आग का समंदर अब देखो कैसे शोले भी उमड़ते है।

सच है वो अफसाने इस ज़माने के कि इश्क इस जहां ना चलते है।

टूटते है बिखरते है लोग बेरोग जब अपने जुबान से फिसलते है।

पहुंचा कर ठेस कितने बदले भेष फिर झूठा सा फरेबी सा सिसकते है।

चिटके थे कुछ पहले ही अब बिखरे है जैसे टूटे कांच बिखरते है।

ज़ख्म गहरे है दर्द कहरे है यूं नहीं जज़्बात कोरे पन्नों पर निकलते है।

(2)

लाखों ही चेहरे होंगे तुझसे सुंदर,
पर उनमें वो बात नहीं ।

हजारों अपनों में एक तू अपना,
बाकी चाहिए कोई हाथ नहीं ।

एक तलब तेरी तवज्जों की,
बाकी चाहिए कोई साथ नहीं ।

तुझे जो कभी याद ना करू,
ऐसी गुजरी कोई रात नहीं ।

जिसमे शामिल तेरी खुशियां ना हो,
ऐसी चाहिए कोई सौगात नहीं ।

इस ज़माने से डर जो तुझे छोड़ू,
इतने बुजदिल मेरे हालात नहीं ।

एक बात जान लेना बस, जो एहमियत तेरी-मेरी ज़िन्दगी में है,
वो सकता मुझसे कोई बाट नहीं. ।

Kalamkar Singh

Writer, singer, penter

(1)

कहने को जिंदा हूँ मैं
पर जी नही पा रहा हूँ
न जाने क्यों
कहने को पूरा हूँ मैं
पर कहीं तो अधुरा हूँ
न जाने क्यों
कहने को तेरे साथ हूँ मैं
पर हर पल अकेला हूँ
न जाने क्यों
कहीं गुम है तू मुझ मैं
पर ढूँढ नहीं पा रहा हूँ
न जाने क्यों
तेरी आँखों में छुपा हूँ मैं
पर तुझे दिखता नहीं हूँ
न जाने क्यों
अल्फाज कुछ अनकहे

(2)

तू और मैं
दो ओहस् की बूँद के जैसे
जिन्दगी के सफ़र में मिले
किसी अजनवियों के जैसे
और फिर न जाने कब
एक दूजे में मिल गए
चाय में चीनी के जैसे
और एक हो गए
दूध में पानी के जैसे
शरीर में आत्मा के जैसे
सुर में ताल के जैसे
लफ्जो में जजबात के जैसे
फूल में ख़ुशबू के जैसे
दिल में धड़कन के जैसे
हाँ मैं और तू
एक हो गए

Naresh Sharma Neer

Writer and poeter

गांव की दास्तान

अक्सर लोगो से सुना जाता है, गांव खाली हो गए है सब शहरो की आबो हवा मे घुल रहे है । पर मेरी मानो तो शुकुन की थोडी मात्रा प्राप्त करना चाहते हो तो गांव की ओर रुख करते रहिए। वो बहती हवाए, चिडियो की आवाज़, पत्ते की झनझनाहट, आह, क्या मन को शांत कर देने वाली भंगिमाए है, मनोहर ,अति मनमोहक ।।
अपनत्व का अहसास और जीवन की अनुभूति का अहसास । गांव की गोद मे होती है।

मेरा देश

ताज पहने हिम का रहता हमेशा शान से नदियो को बांहो मे समेटे।
करता यशोगान वीरो का ऐसा मेरा देश।।
भाषाऔ का है बोल बाला फिर भी हिंद की
हिंदी श्रृंगार करती जनमानस को।
मृदंग बजता हर वक्त, त्योहार हर रोज
हर घर, हर गांव मौहल्ला,ऐसा मेरा देश।।
वीरो के बलिदानो की गाथा मुख जूबानी याद रखते, करते नमन शुरवीरो को।
नही भुलते अपमान शत्रु से, कर्ज चुकाते लहु का।।
पहचान हमारी संस्कृति है, धरा की
सर्वश्रेष्ठ गौरव इतिहास यहा का ऐसा मेरा देश।।

Mukul Dangre

Rekhram danger

(मैं तेरा माँजा तू मेरी पतंग)

हम दो भाई थे एक मुकुल एक अतुल
माहौल था हमारा हम दो भाई थे,
मैं माँजा तो वो मेरी उड़ती पतंग थी ,
एक उड़ती हुई पतंग थी जैसे भगवान को मंजूर नही था
दोनो का साथ
माँजा तो अभी भी चकरी में ही में लपेटा गया है
पतंग जो कट चुकी है
उदास मासूम सा चेहरा होगया है
चेहरे पे मुस्कुराहट कब आयेंगी भगवान जाने
पतंग संग कोई डोर कैसे बांधे
मैं चकरी पकड़ता था वो जैसे आसमान छुता था
पता नही क्यू उसे आसमान तक पतंग की उचाई चाहिये
जैसे मैं उस बच्चे की तरहा था मेरे पास से किसी बड़े आदमी ने मेरी
पतंग छीन ली हो
मैं रोता हुआ मासूम सा
जब मकरसंक्रांती आती है याद वो आता है

Marichika

Marichika writes is based on real-life tragedies'.The shayaris or poems written by Marichika are personal letters to the process of healing and a heartbreak.

Registan

Yun bhi ho sakta hai ke tum raah dekh rahe ho meri,
Mere sheher mai,

Par mai registaan mai milunga tumhe,

Yun bhi ho, mai tumhe galtiyon mai, tum sirf sahi mai raah dekh rahe ho meri,
Agar milu toh mithe kisse suna na,

Par main harf mai milunga tumhe,

Ishq nikle muflis, dene ko bakasrat andhere, yun bhi toh ho sakta hai,
Mukhtalif honge lehje tab, saba pehle jaisi na hongi,

Par milunga registaan mai tumhe, fanaa ho toh yun ho ke, hawaoin mai ghul jau main.

Saazish

Yeh ghane badal tumne bheje hai kya?
Inme mehek chupi hai tumhari,

Tumhara ishq baras raha hai zameen ke like,
Par bheeg mai raha hu,

Chun Chun ke qatre, barbaad yu kiya,
Na raha roshni mai, na andhero mai raha,

Mai kahi ka nahi raha, par har waqt majud hu,
Galti se tumne mujhy khuda bana dia?

Sanya Tikarya

She is a doctor learning homeopathic medicine. Apart from her studies she has a passion for writing and put her heart in it. She has a personality of fresh air, innocence and pure simplicity. Not a master she likes to call herself, but has a clear command over words. Her poems indulge readers in a manner that it brightens up their day. She always tries to incarnate her feelings into words, to reach the heart and soul of every person reading it.

आशाएं

वक़्त हांथों से फिसलकर माटी की तरह दूर यूं गिरने से लगा ।
अपार इच्छायें आशाओं का मौसम से यूँ खिलने से लगा ।

कुछ अजनबी सी इच्छाएं मन में खिल चुकी कुछ खिलने को हैं ।
बहती हुई धरा नदी की सिंधु से मिलने लगी ।

हर दिन नई उम्मीद का जल बूँद सा बढ़ने लगा ।
करने को पूरा ख्वाब ये मन खुद बा खुद मचलाने सा लगा।

उमींदों से भरा दिल अब धड़कने है लगा
अब तो आसमा भी कदमों के नीचे सा लगने लगा है !!

आरंभ तेरी जीत का हैं

अन्त नहीं ,प्रारंभ हैं
आरंभ तेरी जीत का हैं
देख मृदंग यह कह रहा हैं || १ ||
चल उठ मात देना अब आंधियों को हैं
पार करना राह के विशाल चट्टानों को हैं
अंत नहीं ....
मृदंग यह कह रहा हैं || २ ||

उठे जो तुझ पे सवाल है
वक़्त आ गया देना उनका ज़वाब हैं
छलनी सीने की यह गुहार है
जीत की यह पुकार हैं
अंत नहीं ....
मृदंग यह कह रहा हैं || ३ ||

Pooja Choudhary

Student and soon to be doctor PT, passionate about writing

(1)

ज़रा थोड़ा संभल कर चलिए जनाब,
राहों में कांटे बोहोत है,

अभी जाना नहीं है तुमने मेरे वक्त की कीमत,
ज़रा थोड़ा संभल के ज़ाया कीजिए

तुम्हारे लिए ना सही
ये मेरे लिए कीमती बोहोत है

आगे से ज़रा सोच समझ के बोलिएगा जनाब,
मुख्तलिफ तो मैं हूं
मेरी तरबियत कीमती बोहोत है

मेरे लिए नज़र अंदाज़ करना कोई बड़ी बात नहीं,
नहीं तो ,माफ़ कीजिएगा

लफ़्ज़ों में तुम्हारे तौहीन बोहोत है।

(2)

ज़रा थोड़ा संभल कर चलिए जनाब,
राहों में कांटे बोहोत है,

अभी जाना नहीं है तुमने मेरे की वक्त कीमत,
ज़रा थोड़ा संभल के ज़ाया कीजिए ,

तुम्हारे लिए ना सही
ये मेरे लिए कीमती बोहोत है

आगे से ज़रा सोच समझ के बोलिएगा जनाब,
मुख्तलिफ तो मैं हूं
मेरी तरबियत कीमती बोहोत है

मेरे लिए नज़र अंदाज़ करना कोई बड़ी बात नहीं,
नहीं तो, माफ़ कीजिएगा

लफ़्ज़ों में तुम्हारे तौहीन बोहोत है।

Ravi Ahirwar

Name: Ravi Ahirwar
Place: Guna, MP
Educated: Bsc

"स्वाभिमान और अवधारणा"

हमारे दिमाग के दरवाजे खुले होने चाहिए। दूसरे के विचारों को हम सुनने को तैयार रहे। भले ही हम उनके विचारों से असहमत हो। लेकिन होता क्या है? कोई व्यक्ति हमारे विचार से सहमत नहीं होता है तो हम उसको दुश्मन मान बैठते है उसके साथ झगड़ने लगते हैं उसपे गुस्सा करते है आदि; ये कहना एक आम बयान होगा।

हम दूसरे व्यक्ति के विचार को अपने अंदर आने ही नहीं देते हैं। हम जिस समाज , वातावरण , परम्पराएं और बहुत सारे विषय एवं सेकड़ो हज़ारों चीजें मौजूद हैं। और अपने जो विचार है इन सबके छोटे - छोटे टुकड़ो से मिलके उसने एक अलग रूप ले लिया है। हो सकता है अपने दिमाग में ये सभी चीज़े मिली - झुली हो लेकिन हमारा दिमाग मुख्य किसी एक चीज़ से बन गया है। जैसे कि जाति , भाषा या किसी विशेष वर्ग (नेता , अधिकारी , गांव का व्यक्ति आदि) के आधार पर निर्मित हो गया है। और इसमें जो मुख्य है वो ये कि किस वातावरण में हमारी परवरिश हुई। परवरिश का मतलब ये कि हमारे जो विचार है अब वो आज़ाद नहीं रह गए हैं। हमारी परवरिश ने उसके स्वरूप का निर्धारण कर दिया है। उसकी आज़ादी को समाप्त कर दिया है। अब हम क्या करे ? अब आपको लगता होगा कि कोई बात उस समय आपके दिमाग में क्यों नहीं आती ? जब आनी चाहिए। तो इसका सीधा सा जो कारण है वो ये कि क्योंकि आपने अपने दिमाग के दरवाजों को बंद कर दिया है। तो बन्द कर दिया है तो बाहर खड़े जो नये विचार है वो दस्तक तो दे रहे हैं , लेकिन आप दरवाजा ही नहीं खोल रहे हैं । और जब विचारों को ये लगेगा कि , मैं जाता हूँ दस्तक देता हूँ मेरी कोई सुनवाई नहीं होती दरवाजा ही नही खुलता है। तो वो दस्तक देना भी बंद कर देता है बात खत्म हो जाती है। दस्तक बन्द कर देता है मतलब ये कि मान लेते है कोई व्यक्ति आपको कोई सुझाव दे रहा है कोई अपनी राय व्यक्त कर रहा है। लेकिन आप उत्तेजित हो जाते है उसकी बात को रिजेक्ट कर देते है। ठीक है दो - चार बार या कुछ समय तक वो करेगा लेकिन धीरे धीरे उसे लगने लगेगा कि आपसे कहने का तो कोई फायदा है नहीं। ये तो कुछ मानते या सुनते नहीं है। तो आपको सुझाव देना बंद कर देगा। भले ही वो आप से बातचीत कर रहा है , उसके दिमाग में बहुत अच्छे विचार भी आ रहे हैं लेकिन वो आपके सामने नहीं रखेगा । वो आपकी हां में हां मिलाने

लगेगा , उसको क्या पड़ी है । वो अपने हिसाब से अपना जीवन जियेगा , आप अपने हिसाब से । यही हम कर रहे हैं । सब अपने हिसाब से अपने विचारों से अपना जीवन जी रहे हैं । अतः जब हम दस्तक की आवाज़ सुनना बन्द कर देते है तो सीधी सी बात है धीरे - धीरे दस्तक की आवाज़ भी आनी बन्द हो जाती है । कुल मिलाकर ये कि हमने अपने दिमाग की स्वतंत्रता को समाप्त कर दिया है । और साथ में वो भविष्य में स्वतंत्र हो सके इसकी संभावनाओं को भी नष्ट कर दिया है । हम किसी की सुनना ही नहीं चाहते , हम अपने को ही सुनना चाहते हैं , अपने को ही सही सिद्ध करना चाहते हैं । तर्क के द्वारा भी और कुतर्क के द्वारा भी । और जब हम अपने को सिद्ध करने में लग ही जाते हैं तो हम ये भूल जाते हैं कि हम ये जो सिद्ध कर रहे हैं ये तर्क है या कुतर्क । क्योंकि हम उस सीमा को लांघ चुके होते है जब हम तर्क को पार करके कुतर्क के क्षेत्र में प्रवेश कर जाते है । पर हमें तो लगता है कि हम तो तर्क ही कर रहे हैं । क्योंकि हारना हमे मंजूर नहीं है , हम हार नहीं सकते । हारना क्यों मंजूर नहीं है ? क्योंकि हारने से आपके स्वाभिमान को ठेस पहुंचता है , हम दम्भी है। हम नहीं चाहते कि कोई हमारे स्वाभिमान को हमारे दम्भ को ठेस पहुंचाए । क्योंकि दम्भ से ही हमने अपनी पहचान जोड़ रखी है । हमारे दिमाग के दरवाजे पर दो जो सबसे खतरनाक किस्म के द्वारपाल बैठे हैं भाला ले करके । जिसको देखते ही दूसरे लोग डर जाते है वो दो द्वारपाल है ; एक दम्भ या दूसरे शब्दों में घमंड या स्वाभिमान कह सकते है । और दूसरा है ; अवधारणाएं । हमने अपने दिमाग में धारणाएं बना रखी है । ये बुरा है ये अच्छा है ये अच्छा हो सकता , ये कभी अच्छा हो ही नहीं सकता । हर चीज़ के बारे में हर घटना के बारे में हमारी अवधारणाएं बनी हुई है । तो ये अवधारणाओं ने हमारे दिमाग को बन्द कर रखा है और दम्भ ने तो इस द्वार को बंद ही कर रखा है कि जिसके अंदर कुछ भी आ ही नहीं सकता । जब हम किसी को आने ही नहीं देंगे तो आने वाले का क्या दोष है । वो तो तैयार बैठा है । लेकिन आप आने देना नही चाहते । क्योंकि आपको डर लगता है , कहीं ये आ गया तो मेरी पहचान खत्म हो जाएगी , अपने बारे में जो झूठी तसवीर बना रखी है वो तसवीर चूर चूर हो जाएगी , जिसे आप बचाकर रखना चाहते हैं । तो दोस्तो , कुछ सीमा तक जो दोषी है हम खुद ही है ।

Gamine Sahu

जिज्ञासाओं ने घेर रखा था और तनहाईयों ने बेबस कर दिया । अब मन मस्त मलंग है , इच्छाए पुरी होती है , बस दिल से दरख्वास्त की जरूरत है । जिंदगी बहुत खुबसूरत है मन में धैर्यता की जरूरत है ।

तलाश

मेरे सपने कहीं खो गये हैं ,उनकी तलाश में हुं मैं।
मंजिल तक पहुंचना है, लेकिन रास्तों से अंजान हुं मैं।

मेरी समझ लोगों को समझा नहीं पाती,
कोशिश करती हुं लेकिन बता नहीं पाती

अपने सपनों को तरासने के कागार में हुं मैं।
मेरे सपने खो गये हैं उनकी तलाश में हुं मैं।

कोशिश खूद को समझाने की है,
और खुद से नाराज़ हुं मैं ।
अब नामझ ही सही थोड़ी, बेकार सी हूं मैं ।
मेरे सपने खो गये हैं उनकी तलाश में हुं मैं ।

सपनों को तो खो दिया अब
खुद को खोने के कागार में हुं मैं ।
कहीं सपने मिल जाए उनकी तलाश में हुं मैं ।

हाजरी अब ना लगी

उनकी महफ़िल में मेरी हाजरी अब ना लगती है,
हम बीन बताए चुपके से दबे पांव जो निकल पड़े ।

उनके शोर शराबे की गुंज मुझ तक ना पहुंचती है,
हम चुप चाप महफ़िल से जो निकल पड़े ।

भीड़ बहुत होती हैं उनकी महफ़िल में,
उनका चीखना बेकार नहीं जाता ।

वो मग्न हो गये महफ़िल जमाने में
और उनको भनक ना लगी ।

हम बीन बताए चुपके से दबे पांव जो निकल पड़े और उनको खबर ना लगी ।

अकेले में सरेआम बदनाम कर रहे थे,
और उनको खबर ना लगी ।

उनकी महफ़िल में मेरी हाजरी अब ना लगी,
हम बीन बताए दबे पांव निकल पड़े उनको खबर ना लगी ।

उनका मेरे दर पर आना बेकाम ना गया ,
युं तो नाराजगी जता गये और मुझे खबर ना लगी।

उनका मेरे दर पर आना,
बीन तसरिफ सजाए जाना बेकार सा गया
और उनको खबर ना लगी ।

Abhishek Rajput

Abhishek Rajput a writer who loves to express feelings & experiences! He writes to pour his heart out and reach people who think the same! His inspirations are Mirza Galib and Gulzar Sahab. He wishes to entertain people through his works and grow his poetry style day by day!

तकदीर

वो जन्नत से आए तो नही है,
बात करने मे कोई दायरे तो नही है ।

क्यूँ समैट लेते है अंगड़ाई अपनी,
खुदा के बंदे कुछ शर्माये हुए है ।

शिकायते बोहोत सी लाये है अपनी,
फिर दलीलों को नाजाने क्यूँ दबाये हुए है ।

आसमाँ को तो वो मुट्ठी मे भरले अपनी,
पर ये परिंदे है जो इतना छटपटाए हुए है ।

तकदीर को तो कोसते है वो अपनी,
अब हाथों मे तलवार थोड़ी है जो ऐसे सर झुकाए खड़े है ।

हसीन माहौल ।

माहौल को हसीन सा बना जाते है,
टूटे पत्तों को शाख से लगा जाते है ।

तारीफ गुलाब की करते है हम,
पर चमेली को मन भर के देख जाते है ।

तकलीफ बहुत देते है हम,
वक़्त आने पर मरहम कर ही जाते है ।

सीधे रास्तो पे चलते है हम,
फिर खुद ही अपना रास्ता बदल जाते है ।

बात बोहोत करते है हम,
चलो ये बात भी यहीं खतम कर जाते है ।

Shibayan Sett

Shibayan Sett, a tech maniac is a 2019 graduate Engineer. He is a passionate writer and his insights about the various genres of writing always blooms great results. He aims to dive into the creative field with so much hobbies in mind like singing, swimming, playing and of course writing.
His passion for writing stated from the very early age of his childhood which he thrives to continue till his last breath.

Best Friend's Birthday

I can't remember dates and certainly I can't recall Birthdays, anniversaries and everything.
But 8th October 2019, was the day when I was very frightened. As it was my best friend's Birthday and I couldn't wish her on time as there was network problem.

2:00 a.m.
A slight sigh in the network... Ok Google
Call Mamali!

Ring ring,
Ring ring.

The 45 seconds of phone call was as it is,unanswered. "Jis vyekti ko app call kr rhe h,woh avi call ka uttar nii de paa rhe h. Kripiya thori der baad call kre." These were the only lines which were heard from the other side.

Raat bhar sochte rhe ki subah woh call kregi,na hum khud gaali sunne k liye call kre.

On the other side in the morning, she called me with a nice voice like that nothing happened at all.
And not withstanding myself I urged and asked her that isn't she angry on me that how can I how can I miss her birthday.

Then the mystery got unfurled and she took original attire, like she's be totally killing and smashing me from the other side of the phone that how can I forget the date of her birthday which is coming on 11th.

Prasanna Mahadagde

Prasanna Mahadagde is a chemical engineering graduate. He is currently working as a production executive. Apart from being an engineer, he has keen interest in writing poetries and short stories. He finds poetries are the way of telling your real-life experiences to people in such a form that one can relate and take inspiration from it.

(1)

सपनो का कत्ल हुआ, जो मेरा मन भर गया
मैं तन्हा सहता रह गया, मैं तन्हा ही मर गया।

इक जूनून को दबाके, जो ख़्वाब छूट गया
मैं बेखबर रह गया, मेरा चर्चा मशहूर हो गया।

हाल क्या हो गया, जो बेसबर हो गया
मैं ख़ुशी ढूंढता रहा,और मुस्कान भूल गया।

खुदको बदनाम कर,जो काम कर गया
मैं ज़िन्दगी के नाम,खूबसूरत मौत छोड़ गया।

Apoorva Chitransh

Passout: Jawahar Navodaya vidyalaya (jnv) pilibhit
Bisalpur pilibhit pin code 262201
Dimple girl
@miss_chitransh

(1)

गर आसां होती जिन्दगी
तो मैं, मैं नहीं होती
और ज़िन्दगी ये नही होती।
आसां होता काश खुल के मुस्कुरा पाना. ।
ज़िन्दगी से रिश्ता बना पाना

गर आसां होती मंज़िल
तो रास्ते ये नहीं होते
ठोकरें तो होती पर दर्द नहीं होते,
आसां होता काश मंज़र अपना बना पाना,
आसां होता काश किस्मत के पन्नों का बदल पाना ।।।
गर आसां होता ख्वाहिशों में उड़ान भर पाना,
बेफिक्र घूम लेते शायद,
वक़्त खुद को भी दे पाते।।
आसां होता काश किसी का ख़्वाब बन पाना
फिर तो हौसले होते बस
किसी में दम नहीं होता हमें बेड़ियों से बांध पाना
गर आसां होता मुश्किलों से जीत पाना
आसुओं को खुशियों में तब्दील कर पाना
तो ज़िन्दगी ये नही होती
और मैं, मैं नहीं होती।।।

करन सुर्याल "ख़ास"

किसी का "ख़ास" बनने की ख़्वाहिश है.

शीर्षक- "मेरी चाहत"

मेरे अश्को को मैं तेरी हसीं आँखों से रोना चाहता हु,
बस देखता रहु तुझे और तेरी गोद मे सोना चाहता हु.
फिर इस हयात में कोई ख़्वाब भी मयस्सर न रहेगा मेरा,
कि इस मुकम्मल ज़िन्दगी में बस तेरा होना चाहता हु...

तेरे साथ बहती आसमानी हवा में बहना चाहता हु,
दिल के कुछ राज़ मैं अपने लबों से कहना चाहता हु.
और तो कोई बड़ी "ख़ास" सी ख़्वाहिश नही मेरी,
बस क़यामत तक तेरा होकर ही मैं रहना चाहता हु...

मायूसी से दूर रखु, हर ग़म को तेरे मैं पीना चाहता हु,
तेरे बेरुख़ी भरे अल्फ़ाज़, मेरे जज़्बातों से सीना चाहता हु...
काश यह ख़्वाब हक़ीकत भी हो मुझ अदने से इंसान का,
सिर्फ ज़िन्दा नही रहना, मैं ज़िन्दगी को जीना चाहता हु.

विद्रोही राहुल

मेरे बारे मे कुछ जोड़ दे.मैं B. ED का छात्र हूँ...वाराणसी का रहने वाला हूँ.ज़िन्दगी घाटों पर ही गुज़री है.शायरी लिखना, गाना सुनना .महान व्यक्तित्व के लोगों के बारे में जानना और हमेशा पुरानी किताबे पढ़ना

बेवफा- आँखों की चमक

चेहरे की ख़ुशी.
मेरे दिल का सुकून वापस कर
मैं तुझे तेरा सब वापस दूंगा
मेरे ज़िन्दगी की रवानी वापस कर.

ढूंढने निकला हूँ-कुछ खोया सा हूँ

कुछ ढूंढ़ने निकला हूँ.
कुछ बातें सुकून भरी
उधार मांगने निकला हूँ
नदी पर आकर जिनकी प्यास नहीं बुझी
अधूरी प्यास को ढूंढ़ने निकला हूँ
सब मुसाफिर है यहाँ
फिर दर्द आया कहाँ से
ये ढूंढ़ने निकला हूँ.

पता है ये तलाश कभी ख़तम नहीं होंगी.
फिर भी क्या करूँ खुद को ढूंढ़ने निकला हूँ

Manju Turkar

मेरा नाम मंजू तुरकर है, पिता का नाम महेश तुरकर है एंव माँ का नाम चन्द्रकला तुरकर है। मंजू तुरकर ग्राम मोहगाँव, पोस्ट-चरेगाँव,जिला -बालाघाट की निवासी हैं।

"कलम का सफर"

कलम का सफर भी कितना अजीब है ना,
कभी खुद पर घमंड करती है,
तो कभी खुद पर ही शर्मशार हो जाती है।

कभी किसीकी जिंदगी बना जाती है,
तो कभी किसीकी जिंदगी तबाह कर जाती है।

कभी कलम किसीकी किस्मत बना जाती है,
तो कभी किसीकी फांसी लिख जाती है।

कभी किसीका कैरेक्टर सर्टिफिकेट ,
तो कभी किसीका डैथ सर्टिफिकेट बना जाती है।

कलम का सफर भी कितना अजीब है ना,
कभी खुद पर घमंड करती है,
तो कभी खुद पर ही शर्मशार हो जाती है।

आँखे भी अब थोड़ी नम सी हो गयी थी।

चाँद को देखने की आदत कम सी हो गयी थी,
आँखे भी अब थोड़ी,नम सी हो गयी थी।
पढ़कर उनकी यादों की किताब,
हमारी उम्र भी थोड़ी कम सी हो गयी थी।।

मै एक किताब की तरह थी,
बहुत कुछ बिन पढ़ा था मुझमे,
लगा था कोई तो हो,जो मुझे पढ़े,
मुझे मुझसे बेहतर समझे,
पर अब ये उम्मीदें कम सी हो गयी थी,
बस यही सोच...
आँखे भी अब थोड़ी नम सी हो गयी थी।।

Babita Singh

Hi guy's
It's me Babita Singh from Uttarakhand, but currently live in Gurgaon with my family
I'm 25 yrs. old and pursuing my B.B.A
I would like to make good friends it'll be good opportunity for me to do something with u I'm so glad to share my words with you guy's

(1)

कोई इतना ख़ास होता हैं
जिसे हम चाहकर
भी कभी भूला नहीं पाते
बस ये ख्याल लिखा हैं ...

हो सके तो दिलों में रहना सीखों
देखावट तो हरकोई करता हैं बस इतना हीं कहना हैं!!

जिसे तुम कभी पा नहीं सकतें
उसे दिल से दूर कभी जानें ना दो
बस दिल को समझाना हैं.

ज़रूरी नहीं हैं तुम्हारें
दिलों में सिर्फ़ एक हीं हों?
और वो ख़ास हीं हों?

(2)

पलपल जिवित होंके भी
एक शव की तरह हुँ!!

दर्द और ग़मों से
दोस्ती कर चुकी हुँ!!

मुस्कुराहट की लोग तारीफ़े
करते हैं पर हृदय से हर्ष नहीं हुँ!!

नाराज़गी ना होना कोई मुझसें
आँसु नहीं आते अब रोने के लिए!!

कमर कसा हर वक़्त अपनों के लिए मैंने, और ज़िंदगी से बाज़ी अभी हारीं नहीं हुँ!!

Flairs & Glairs

Flairs and Glairs, a platform by a student for the students. We are esteemed youth struggling to carve out our path for our future and we follow a basic mindset Since everyone is not born with all-round skills. Joining hands with people who are born to execute it with perfection is the best way to evolve. Self-Evolution is the need of the hour but, evolving as a community is what we strive for. The initiative as kickstarted by, Founder- Mr. Shubham Shah with the motive to utilize the skillset and talent of writing has now a team of 10+ people who are actively participating into newer forms of learning and discovering talents among youngsters. We Provide platform and services like Publishing opportunities, Open mics, Workshops, Hands-on training. Operating with Brand Name of Flairs and Glairs (Publication House), we offer the chance of elevating a passionate writer to an esteemed author With Brand name Teekhe Zasbaaat. We bring to you an opportunity to get accustomed with the Public Speaking and Presenting of Thoughts along with regular challenges to brush up your inking spirit. The newest initiative to extend our services we introduced in a new writing Platform- The Glittering Fables and Ink Over Tears.

We Choose to Fly Like A Falcon than to be

a Leg Pulling Crab.

To Know More: Infoline – 7781900870
Mail Us At-
flairsandglairs@gmail.com / info@flairsandglairs.in
Or Visit is at
www.flairsandglairs.com / www.flairsandglairs.in
Social Handles- @flairsandglairs @teekhezasbaaat

www.ingramcontent.com/pod-product-compliance
Lightning Source LLC
Chambersburg PA
CBHW050523240926
51846CB00003B/666
* 9 7 8 9 3 9 0 7 9 9 4 2 8 *